ハヤカワ文庫 SF

〈SF2307〉

宇宙英雄ローダン・シリーズ〈630〉

最後のクロノフォシル

H・G・エーヴェルス&マリアンネ・シドウ

渡辺広佐訳

早川書房

8595

PERRY RHODAN
DER WEG NACH EDEN
DAS LETZTE CHRONOFOSSIL
by

H. G. Ewers
Marianne Sydow

Translated by
Hirosuke Watanabe

First published 2020 in Japan by
HAYAKAWA PUBLISHING, INC.
This book is published in Japan by
arrangement with
PABEL-MOEWIG VERLAG KG
through JAPAN UNI AGENCY, INC., TOKYO.

目次

エデンへの道……七
最後のクロノフォシル……一四三
あとがきにかえて……二八三

最後のクロノフォシル

登場人物

ペリー・ローダン……………………………銀河系船団の最高指揮官
ゲシール……………………………………ローダンの妻
ラフサテル＝コロ＝ソス
クムラン＝フェイド＝ポグ ……………ポルレイター
ギフィ・マローダー（モジャ）…………もとアストラル漁師
バス＝テトのイルナ………………………サーレンゴルト人
ろ座の賢者…………………………………ノクターン
シュロウ……………………………………コンセプト
エレメントの支配者………………………ネガスフィアの支配者
〝それ〟……………………………………超越知性体

エデンへの道

H・G・エーヴェルス

1

〈氷が石と融合すれば、ことはなされる！〉

ノストラダムス……イマーゴⅡが笑う。

ペリー・ローダンは目を大きく見開いて、大全周スクリーンで猛(たけ)り狂う色彩の戯(たわむ)れを観察した。それは五次元あるいは六次元性のお祭り騒ぎとなり、かれの意識のなかで、ベートーヴェンのミサ曲『ミサ・ソレムニス』を響かせる。

その響きは、以前きわめてはげしい砲撃があったときや、フロストルービンを落下したときのように《バジス》の司令室を震わせ、揺らした。巨船それ自体が『ミサ・ソレムニス』を演奏する共鳴体になったようだ。

イマーゴⅡの哄笑(こうしょう)が壊れ落ちた。

ローダンはうめき声をあげ、目の前で両手を打ち合わせる。ミサの高まる響きが流れていく。その上に、女神のような女性像の似姿が音響的に浮かびあがる。

トーラ！　と、テラナーは考える。

しかし、その顔は最初の妻、誇り高き女アルコン人のものではなかった。

ゲシールか？

いや、ゲシールの顔でもない。ある種の類似点はあるが。それ以上に不死者は、娘スーザン・ベティの顔を強く思い起こした。彼女は、モリー・アブロとのあいだにでき、旧暦二九三一年、母親とともにプロフォスで起きたパニテルの反乱で亡くなったのだった。

終止和音とともに、これらのイメージも消える。

大全周スクリーンはふたたび正常にもどった。以前同様、《バジス》をとりまく宇宙が探知データと多元周波撮影によって作成され、ハミラー・チューブによる〝処理〟をへて、人間の目に〝きわめて自然に〟感じられるようにしめされている。深紅色の巨大恒星アエルサンと、四方八方に光彩をはなち一本の紐のようにならんだ五惑星……シャナド、ユルギル、ズルウト、エッツィ、リドンだ。

フォーム・エネルギーと異質な材料でできた、電波望遠鏡を思い起こさせる物体百個もしめされていた。直径二から六キロメートルで、かなりはなれているので、肉眼ではけっして見ることはできないのだが。

ただし〝メビウス衛星〟は映像になかった。それはアエルサンの内側のコロナのなかに深く沈んでおり、いうならば強い光でかくされている。見えないにもかかわらず、それは目下、新モラガン・ポルドのもっとも活動的な部分であるように思われた。なぜなら、それがあるにちがいないところに、ハミラー・チューブが警告の赤いマークを拍動させているからだ。

すべてはある種の洞窟画のようだ。まるで《バジス》がすっぽり巨大な空洞のなかに入ったように思われる。その空洞の〝外殻〟は、密集する無数の恒星によって形成されている。そのなかではアエルサンのような赤色巨星が優勢だ。

M－3……銀河系ハロー部に多数ある、もっとも古くもっとも恒星が多い部類に入る球状星団のひとつ。

そして、もっとも秘密に満ちた球状星団のひとつでもあった。中心から二十四光年しかはなれていないところに、新モラガン・ポルドの五惑星施設がある。二百二十万年前、ポジティヴ勢力のために戦った、深淵の騎士の前身組織ポルレイターの最後のかくれ場だ。かれらは短い間奏曲を不首尾に終えたあと、文字どおり身をかくし、ふたたび古い要塞に撤退したのだった。

ポルレイターは高齢で弱々しく、消耗し、あきらめている。いずれにせよ、三年ほど前に新モラガン・ポルドにもどったときには、そのように見えた。

それだけに、かれらがあらたな活動に集中して奮起したことに《バジス》の乗員たちは驚いた。もちろん、ペリー・ローダンとかれの腹心たちも。

　それは太古の卓越した知識と能力のデモンストレーションであり、ここでなされていることは、人類やほかの銀河系文明がさしだすことのできるものすべてを凌駕（りょうが）している。《バジス》司令室の男女は重苦しい複雑な気持ちで大全周スクリーンを見つめ、高まったり弱まったりする神秘的な〝歌声〟に耳をかたむけた。百ほどあるダブル・コンソールのなかの周辺ポジトロニクスが、未知なる影響に強いられ、歌っているのだ。

　合唱。

　鳴りひびく声。うつろで鈍く、よく聞きとれないが、原本能を揺さぶり、原不安を呼び起こす声。

《バジス》の乗員は、圧倒的で不可解な力をあたえられる宇宙の冥界へと、船が一直線に飛んでいくような感覚を呼び起こされる。

〈惑わされないで！〉と、だれかがローダンの耳のなかにささやく。

　かれは息をとめ、無意識にあたりを見まわした。なぜなら、三人めの妻オラーナ・セストレの声だと思ったから。

　どうして、そんなことがありうるというのか？　ためらいがちに自問する。どうして、とっくに死んでいる人間を見たり、声を聞いたりできるのか？

だれかが笑う。

こんどは声に聞きおぼえがなかった。近くにいると思われる〝それ〟の声でもない。なんとなく知っているようでもあるが、記憶をいくらたどってみても、その声に属する個人データを見つけられなかった。かれの知らないだれかが笑ったかのようだ。

司令室の天井が暗くなった。通常は、巨大なもののなかにある非常に複雑な回路が圧縮されたような見た目なのだが。しかし、その暗さは〝照明の欠如〟で説明できるものではなかった。むしろ、まるで天井が一瞬ごとに切りとられ、それによって生じた開口部を通して星々のない宇宙の絶対的暗黒を見ているかのようだ。

突然、暗闇で光がまたたく。

ローダンは頭のてっぺんがむずむずし、無意識に両のこぶしを握った。

〈危険だ！〉下意識が予告する。

しずかにすわりつづけることをみずからに強いた。

だが、そうしつづけることは困難だった。またたく光が、闇のなかであちこちに揺れ動く、赤く輝く漏斗（ろうと）に変わったのだ。

テラナーは大きく息を吸いこみ、吐きだす。鬼火のように揺れ動く漏斗が、人生のもっとも暗いエピソードのひとつを思いださせるにもかかわらず、かれはほっとしていた。これは記憶であり、頭上にあると思っているこの漏斗は現実ではないと、すくなくともいまはわかっているから。

なぜなら、それはいわゆるカトロン脈……カトロン銀河の惑星パインテクとナウパウム銀河の惑星ヤアンツァルとのあいだの、ハイパーエネルギー性結合点以外のなにものでもない。いうならば、パインテクを介して顕在化したかのようだ。

漏斗は暗くなり……直径二メートルほどある円盤状のゾーンがのこった。そのなかで一瞬ごとに、ちいさな男が姿をあらわしはじめる。それを見て、テラナーはひどく驚く。

男の身長は一メートルほどで、ヒューマノイドの体形をしている。つまり、胴体ひとつ、腕二本、脚二本、頸ひとつに頭ひとつがあるということ。手足にはそれぞれ六本の指があり、腰には青白い布を巻きつけている。皮膚は真っ赤で、顔はしわくちゃ。刺すようなちいさな目ふたつと薄い唇を持つ。腕の長さほどの白い顎鬚（あごひげ）を生（は）やし、頭にはシルクハットをかぶっている。

「カリブソ！」ローダンはつぶやく。

小男の薄い唇が動き、

「つまり、いまわかったってことだな、ペリー・ローダン」と、淡々という。

デログヴァニエンの人形使いは、プロジェクションのスイッチを切ったかのように消えた。その直後、円盤状の光ゾーンも消え、司令室の天井がふたたび見えるようになる。

そして、しずまりかえった。

だれも叫ばない。だれも笑わない。死者たちはあらわれない。『ミサ・ソレムニス』も周辺ポジトロニクスの〝歌声〟も、鳴りやんでいた。

《バジス》は音もなく、それと認識もできないまま、アエルサン星系の惑星ユルギルへと近づいていく。大全周スクリーンの正面セクターに、地球に似た青白い球体が、わずか数十万キロメートルしかはなれていないかのように、非常に大きく見えている……

*

「エンジンが機能しません」ウェイロン・ジャヴィアは確認する。

この発言は、もはや船がかれにしたがわないことを意味していた。それでも《バジス》の船長はまったく神経質にはなっていない。

「ハミラー？」ペリー・ローダンはたずねる。

主ポジトロニクスが反応しないので、スクリーンに目をやった。通常だったらそこに大きな飾り文字〝H〟が輝いているのだが。そのスクリーンの通信装置でハミラー・チューブとコミュニケーションできることをしめすものだ。

しかし、スクリーンに〝H〟は輝いていない。

「ポルレイターに呼びかけましょうか、ペリー？」デネイデ・ホルウィコワが席を立たずにたずねる。「エンジンの障害は、十中八九、かれらのせいでしょうから」

「しかし、かれらは自分たちがしでかしたことを認めるはずがない」レス・ツェロンが反対する。

「かれらは知っているにちがいない」ローダンはかすかな笑みを浮かべていう。「いや、デネイデ、呼びかけないでおこう」

アームバンド・テレカムが反応し……スイッチが入る。

スクリーンにヴィシュナの顔があらわれた。そのななめうしろに、タウレクの顔の一部がぼんやりと見える。

「わたしたちが手を貸しましょうか?」と、女コスモクラート。

ローダンはためらう。ヴィシュナの視線が、瞬間切り替えスイッチの能力を妨げたのだ。容姿が似ているわけではないのに、彼女の顔はいつもゲシールを思いださせる。ふたりが共通に持っている、ある種の個体放射があるにちがいない。

周囲の目がいぶかしげに自分に向けられるのを感じ、かれは咳ばらいをし、答えた。

「その必要はない、ヴィシュナ。つまり《シゼル》は影響を受けていないのだな?」

「ええ、もちろんよ」ヴィシュナは答える。

「アエルサン星系のいたるところに配置されている構造物がどのようなものか、あなたたちは確認できたのですか?」ジェフリー・アベル・ワリンジャーが口を出す。

「それらがいかなる機能をはたしているのか、わかったわ」と、ヴィシュナ。「アエルサンのコロナのなかにある〝恒星衛星〟から供給される、五次元・六次元エネルギーを蓄える貯蔵庫よ。この恒星衛星は、恒星の通常エネルギーを吸いあげ、必要とされるかたちに変換するの。きっと、その活動のピーク時に、あなたたちの船にハイパー物理性の現象が起こったんでしょう」

「まさにそうだ」ワリンジャーは満足げに答える。「しかし、その貯蔵庫は、いかなる目的のために役だつのでしょう？　供給されたエネルギーを蓄えるだけでは、存在の意味はない」

「そうね」と、女コスモクラート。「いつかはエネルギーを放射することになるはず。そのさい、六次元半シュプール性の非常に強力なショック・インパルスが生じる可能性がある。このショック・インパルスがどのような結果をもたらすことになるのか、タウレクにもわたしにもまだわからない。そのためには、さらなる情報が必要だわ」

「非常に強力なショック・インパルス？」レス・ツェロンは考えこむ。

「六次元半シュプール性の」と、ワリンジャーが補足する。

「そうでした」と、ネクシャリストはいう。「それは多くの作用をおよぼすでしょう。われわれ、ポルレイターがそれを銀河系諸種族に対して武器として投入しないことを望むだけです」

「不吉なことをいわないでもらいたい！」レオ・デュルクが大声を出す。

「なぜ、ポルレイターがそんなことを！」ジャヴィアがコメントする。「かれらはわれわれに対してなんら敵対していないと思うが。たったいま、かれらは《バジス》を遠隔操作しはじめた。ベクトル値から、こちらをユルギルの周回軌道に導くつもりらしい」

「サービスいいじゃんか！」グッキーが背後からいう。ラス・ツバイやフェルマー・ロイドといっしょに、今後の出動の準備をしている。「そうなれば、搭載艦で問題なくスタートできるぜ」

「巡洋艦《アイノ・ウワノク》のスタート準備ができています」メールダウ・サルコが連絡をよこす。

「ほんとうにきみたちのだれも、ポルレイターが《バジス》のエンジンをブロックしたとは考えないのか？　メタグラヴ・エンジンがはなつハイパーエネルギー性の放射が、恒星衛星と貯蔵庫の活動にネガティヴな影響をあたえるかもしれないという理由で」ローダンは皮肉をこめて批判的にいう。

ローダンが答えとして受けとった沈黙は、かれの推測を裏書きした。全員、メタグラヴの障害はポルレイターの能力のデモンストレーションにすぎないと見ているのだ。かれ自身、最初はまさにそう思った。しかし、貯蔵庫と恒星衛星についてのヴィシュナの発言により、それらの機能と《バジス》のエンジン停止の関連がただちにわかった。ポルレイターのスーパー技術がいかに強力であろうとも、かれらはなにに対しても恐れを知らないわけではない。かれらの操作は緊急処置だったということ。

「もちろんかれらはわれわれに連絡し、一定時間メタグラヴを使わないよう、要請すべきだった」と、批判したい気持ちをすこしおさえていう。「しかし、われわれ、ほかに選択肢がなかったというポルレイターの気持ちも理解しなければならない。新モラガン・ポルドはかれらのかくれ場であり、宇宙要塞なのだ。かれらは、すくなくともここでは、自分たちがわが家の主人であることを、なんらかのかたちでしめさなければならなかった……それが自己満足にすぎなくても。しかし、かれらは同時に、われわれを歓迎していることもしめした」

「どうやってです？」と、ミツェルがたずねる。

「船を周回軌道に導くことによって」ジャヴィアがかわりに答え、ローダンを見つめる。

「メタグラヴがもう作動しないのなら、当然、搭載艦でユルギルに着陸することもできません」

ローダンはうなずいただけだった。

この瞬間、コミュニケーション・スクリーンにグリーンの〝H〟がふたたび輝き……

主ポジトロニクスがいう。

「短時間の障害をお詫びします。もちろん、いまはもうメタグラヴは機能します。ただし、エンジンを使う必要がないことを指摘していいでしょうか？　船は未知の影響によって、ユルギルの周回軌道に導かれています」

司令室で笑い声が起きた。それは高まり、しだいにすべての男女をとらえ……春の雨のようにその場の雰囲気を浄化し、さわやかにした。

「きみはほんとうにブラックアウトしてたんだな、ブリキ箱」ジャヴィアは、笑い声がしずまったあとでコメントする。

「なぜですか？」と、ハミラー・チューブ。

こんどは、笑い声がさらに大きくなった。つづいて、ローダンはいう。

「メタグラヴがふたたび機能するのであれば、もう搭載艦でスタートできる」かれは立ちあがり、格納庫主任を振り向いて、「さっき《アイノ・ウワノク》といったか？」

「はい」と、サルコは答える。「巡洋艦《アイノ・ウワノク》をいつでもスタートできるようにしました、ペリー。ほかの搭載艦のほうがよかったですか？」

「とんでもない」と、ローダンは答える。「それでいい」

かれは一秒間、目を閉じ、惑星クーラトでの出来ごとを思いだした。それは、ケスドシャン・ドームでのかれのプシオン性騎士任命式に先行して起きたこと。当時も《アイノ・ウワノク》が活躍し……その後かれは、プシオン性迷宮を通り、おのれの死で終わる悪夢のような道行きへと進んでいったのだった。あるいは、ほとんど死ぬところだったといっていい。なぜなら、肉体的にはすでに死んでいたから。

かれは、襲ってくる暗い予感をはねつけるように、はげしくかぶりを振った。

おろかな考えだ!

いまは、すべてがまったく違う。新モラガン・ポルドで、わたしは盟友を訪問するのだ……しかも、エデンIIでは古い友が待っている。わが全計画を危険にさらそうと、かくれ場から殴りかかってくるセト＝アポフィスは、もはや存在しない。

かれは無理やり自信ありげにほほえみ、ユルギルに同行するジェフリー、ラス、フェルマー、グッキーに合図し、

「行こう!」と、いう。

＊

「全システム、申しぶんなく作動中です」《アイノ・ウワノク》艦長のウネア・ツァヒディがだみ声でいう。「大気圏上層に突入。重力ジェット・エンジンに切り替えます」

「了解した」と、ペリー・ローダン。

かれは六千メートル級の連山を観察している、それは南北にのびるもっとも大きな大陸の中央にあり、標高三千メートルから上は氷と雪でおおわれていた。その上空は、すくなくとも八百キロメートルの幅で雲がなく、きれいにしたばかりのグラシットのように澄んでいた。それにもかかわらず、連山の両側にあるポルレイターの施設に関しては、

追加の光学的補助器具がなければなにも認識できない。とはいえ、どっちみち、技術的施設は惑星の地下深くに設置されているのだが。

空気の塊りが重力フィールドによって吸いこまれ、重力ジェット・エンジンの内部で重力工学的に圧縮加速されて咆哮するのが聞こえる気がしたが、それはローダンの思いこみにすぎなかった。巡洋艦の遮音された司令室では、外で荒れ狂っている三百フォンの騒音はなにも聞こえてこない。

「着陸床を確認しました」アコン人の首席探知士であるヴルロンのレージャーがいう。「谷に埋めこまれたような、正確に直径一キロメートルの円形の場所です。縁には直径五十メートルの、球状のエネルギー泡があります」

「フォーム・エネルギーか？」と、ローダン。

「フォーム・エネルギーではありません」レージャーは答える。「五次元および六次元成分を持つプシオン・エネルギーの混合物でできています」

副長で航法士のメング・ファイシュがちいさく口笛を吹き、

「すごいな」と、コメントする。「それは絶対に通りぬけられないにちがいない」

ローダンは〝絶対に〟という言葉に笑みを浮かべたが、批判的コメントをするのはやめておいた。なぜなら、自分がこれまでの生涯で経験したことのほんの一部分すら知らない定命の人々に、絶対にといえるものごとがいかにすくないかをわからせることはできないと知っていたから。

　おそらく、と、かれは考える。わたしはこの先、千年や二千年、あるいは一万年たったとしても、〝絶対に〟という言葉に値いするものがいかに存在しないかわかる。

《アイノ・ウワノク》はかなりの速度で降下していく。大気の密な層に到達したとき、ツァヒディは、乱気流の地表への影響を避けるために、重力ジェット・エンジンからフィールドエンジンに切り替えた。

　下はパラダイスのような風景で、ここ低空から認識できる入植地は、そのなかによく調和している。とはいえ、テラと似た地表の構成をしめすような自然の荒々しさと険しさがほしいと、不死者は思った。

　ユルギルではすべてがまるみを帯びていて、おとなしく、欠点がない。その点においても、この惑星はクーラトによく似ている……そこではじめて、ローダンは確信を持った。クーラトの惑星表面も、まちがいなくポルレイターがつくりあげたのだと。

「着陸を開始します」ツァヒディが告げる。

　ローダンは艦長に愛想よくうなずきかける。短い巻き毛のツァヒディは華奢で、暗褐色の肌をしており、四年前に知り合った最初の瞬間から好感が持てた。

《アイノ・ウワノク》は高度千五百メートルほどのところで水平飛行に移行した。左舷を、雪におおわれた山々が過ぎていく。雪線の下では、草地の明るいグリーンと森の濃いグリーンがほとんどだ。谷が山の側面を分けているところに半透明のドーム建築物が点在し、花の咲きほこる公園のなか、かすかに光っている。とはいえ、それらはほとんど認識できない。なぜなら、たいていは近くの環境と同じ色になるから。

数分後、さらなる谷があらわれたとき、《アイノ・ウワノク》は左舷へ急角度で向きを変える……すると、大全周スクリーンの正面部分に着陸床があらわれた。二キロメートルしかはなれていない。それは、直径三キロメートルほどの盆地のなかにあった。長くのびたたいらな建築物が、周囲を縁どっている。それらのあいだには、テラのココヤシに似た木々や澄んだ水をたたえた池のあるちいさな森がある。

「パラダイスですな」と、ツァヒディはいい、驚くほど白い歯を見せて笑う。

ローダンはその笑みに応えなかった。混合エネルギーでできた球を観察することに集中していたのだ。それはスペクトルのすべての色に輝いている。魅惑的な光景だが、このような卓越した技術を眼前にしてはしゃがないよう、注意を喚起されもする。ただ、ローダンがポルレイターに対し、敵意を持って危険のなかに足を踏み入れるということではない。そうするには、かれらの最悪の面を知りすぎていた。

過ぎたことだ！　と、かれはみずからの頭にたたきこむ。当時、かれらはどうしようもなかったのだ。なぜなら、保存されていた活動体のなかに長く囚われたことによって、実際、病気だったのだから。だから、かれらに恨みを持ってはいけない。

ウネア・ツァヒディは、巡洋艦を正確に着陸床のまんなかに着陸させた。

かれがフィールドエンジンのスイッチを切ったとき、ローダンの前のテレカムが呼びかけてきた。

それを視線スイッチで作動させ、同時に、ポルレイターの姿をスクリーン上に見た。

正確にいえば、ポルレイターの活動体というべきである。なぜなら、この生物は二百万年前に、かれらが個別に選択した対象……たとえば樹木、湖、岩、技術構造物など……にみずからを統合したとき、もとのからだを失っているのだから。

ペリー・ローダンはまたもや不思議に思う、ポルレイターはなぜ、よりにもよってこの、どちらかといえば不恰好で動物的なアンドロイドを、活動体として用いるために飼育したのかと。例外なくかれらは、背の高い、なかば直立して歩く巨大なザリガニに似ている。身長一・六五メートル、長さの違う脚三対と、腕一対を持ち、腕は関節が六つあるはさみに似た把握器官で終わっている。

「ユルギルへようこそ!」ポルレイターは、永遠の同盟に属する七強者の言語と同系統の言葉でいう。「歓迎する、ペリー・ローダン、深淵の騎士よ!」

この瞬間、二千九名のポルレイターのだれが話しかけているのか、ローダンにはわかった。視覚や聴覚で同定したのでも、確たる理由があってでもなく、ただわかったのだ。

「感謝し、挨拶を述べる、ラフサテル＝コロ＝ソス!」かれは同じ言語で答える。

もっと多くを語りたかったが、おさえた。ポルレイターは心理的に巧みにあつかわなければならない。もちろん、相手はそのことに気づくはずだ。なぜなら、べつのあつかいをすれば、かれらは失礼だと判断するだろうから……そして、ペリー・ローダンはかれらに敬意を表明するつもりでいる。望んでいることがあるというだけの理由ではない。

「テラナーか！」と、ポルレイターはいう……その言葉は勲章のように響いた。

ローダンは頭をかしげ、辛抱強く待った。

「きみたちはちょうどいいときにきた」と、ラフサテルはいう……そのとき、かれの〝喉袋〟が動く。そのなかに発声器官があるのだ。

ローダンは環状に輝く八つの青い目に注意を向けた。その目は、唇のない幅広の口がある、白い肌の頭部の大部分を占めている。テラナーは自問する。人間がポルレイターとの同盟条約から引きだす要求に対して、ラフサテル＝コロ＝ソスは異議を唱えるだろうか。すくなくとも、ポルレイターに知識の一部を要求するには、超越知性体セト＝アポフィスの平定を証明することと関連しなければならないという条項があるのだ。

「きみたちとエレメントの十戒との対決のことは知っている」と、ラフサテルはつづける。「戦いの勃発以来、われわれ、とりわけエレメントの支配者に向けた武器の設計と製造にとりくんでいた」

とりくんで〝いた〟という言葉に、ローダンは心のなかで耳をそばだてた。

「つまり、きみたちはそれを終えたわけだ」と、かれはあっさりという。自明のことと思われたからだ。過去形が使われたからだけではなく、とりわけ自分自身のからだでハイパー物理性現象を感じたゆえに。

「さて、どうかな」と、ポルレイターは、曖昧(あいまい)に答える。ローダンにはポルレイターがわざと、どうにでもとれるようないい方をしていると思えた。

「わかっている」と、ローダンはいう。「とはいえ、われわれはその武器のためにきたのではなく、ほかにも関心ごとがあってね。もしこの件に関して、どこかでいっしょに討議できれば、さらにいいのだが。きみに同伴したい者がいるなら、心から歓迎する」

「では、クムラン＝フェイド＝ポグといっしょに行こう」と、ラフサテルはいう。

「明滅しています」ヴルロンのレージャーが確認し、混合エネルギーでできたカラフルな球をさししめした。「ある種の構造亀裂が生じ、ふたたび閉じました」

「そんで、そのあと、ここに十六個の目があらわれるわけだな」と、グッキーが生意気に補う。「ワスレナグサのように青いお目々がね」

すくなくとも、ネズミ＝ビーバーが口にしたことは無作法だった。

ペリー・ローダンとウネア・ツァヒディだけは、よき礼儀作法をしめした。ふたりはすぐ立ちあがり、いきなり《アイノ・ウワノク》の司令室で実体化した両ポルレイターの方向に、軽くお辞儀をしたのだ。

ローダンはそのさい、けっして慇懃さをしめしたのではなく、猜疑心をいだいて活動体を観察していた。ポルレイターがカルデクの盾をまだいくつか持っているか、あるいはふたたび製造したのではないかと恐れたのだ。この武器はコスモクラートのリング投入のさいにすべて破壊され、補充はしてないこと、もう存在しないのだということを、同盟条約締結のさいに、かれらが保証したにもかかわらず。

ローダンが疑ってしまった理由は、ポルレイターはかつてカルデクの盾の助けだけで、テレキネシス、ヒュプノ暗示、テレポーテーションのような超能力を用いることができたからだ。

両ポルレイターのどちらもカルデクの盾を持たないのを確認して、ローダンはほっとした。

「われわれ、輸送球のおかげでテレポーテーション・エネルギーを帯びることができるのだ」クムラン＝フェイド＝ポグが説明する。「きみの疑心は理解できる、テラナー。だが、われわれを信用してくれていい」

「すまない！」ローダンは率直に答える。

「なにがきみたちの関心ごとなんだ？」ラフサテルが本題に入る。

「情報を必要としている」ローダンはまわりくどい説明をはじめる。

「われわれがエデンIIのポジション・データを提供すると期待しているのなら、きみたちは失望することになるぞ」と、クムランはいう。「それに関しては、われわれ自身、なにも知らないのだから」

ポルレイターがこちらの関心ごとをはっきりといいあてたことに対して、ローダンは驚きをかくすのに苦労する。

「きみたちがエデンⅡを探しているにちがいないことは、論理的に推論しさえすれば思いいたることができる」と、ラフサテルが説明する。「エレメントの十戒の没落後、きみの次の目標は最後のクロノフォシル活性化しかない、ペリー・ローダン。それはエデンⅡだ。それゆえわたしは、ちょうどいいときにきたといったのだ。なぜなら、われわれがつくった武器はエデンⅡにとどけなければならないから」

「ああ、そういうことか」テラナーは驚きのあまり息を殺した。「武器をエデンⅡにとどけなければならない、と。しかし、なぜ、よりによってエデンⅡに？」

「エレメントの支配者が超越知性体〝それ〟を、コンセプトやミュータントともども抹殺すべく、エデンⅡに対する陰謀を計画しているからだ」と、ラフサテルが報告する。

ペリー・ローダンは、まるで意識上で黒い大波が砕けたかのように思われた。いだいていた不吉な予感が確実になったらしい。

もはや、エデンⅡを見つけ、クロノフォシルを活性化するだけが問題ではないということ。

活性化どころか、まずはエデンⅡが維持されているどうかをたしかめなければならない。

ことを進行させるには、戦わなければならない……さらに、エレメントの支配者が敵なのだから、ケスドシャン・ドームをめぐるセト＝アポフィスとのかつての戦いのように、非常にきびしく危険な状況になるだろう。

それだって、そもそも自分たちがエデンⅡに時機を失せず到着すればのことだ！

ローダンの目は割れたばかりの氷河のようにぎらぎら光る。かれは無意識に、顎を前に突きだした。

「そういうことなら、われわれ、覚悟はできている」ローダンは決然といいはなつ。

「武器はどこだ？」

＊

両ポルレイターが長く答えないので、ペリー・ローダンは思った。エレメントの支配者に向けた武器について、かれらはこれ以上なにもいうつもりはないのだ、と。

しかるべき質問をしようとしたとき、突然、あたりが暗くなった。

ありえない。なぜなら、エネルギー供給が麻痺すれば、ポジトロン性保安スイッチがすぐさま反応し、明かりが消える前に、非常装置がエネルギーを送るはずだから。

しかし、暗くなったのだ。

非常用照明は点灯しなかった。

ローダンは恐怖に満たされ、必死にパニックと戦う。かれの下意識はこの闇を、暗黒エレメントのあらたな攻撃であるとみなしたからだ。付随現象が同じだから。

この静寂も、当時、暗黒のエレメントの攻撃後に太陽系を支配したものと同じだった。まわりに空虚以外のなにもないように思われる。陽子も電子も光子もない、完全な無。

いま、カッツェンカットのささやく声が聞こえなかったか？

ローダンの精神のなかで、意志が動物的な衝動に打ち勝った。肉体をともなわない動きで、本能の鎖を破壊する。

「いや！」と、テラナーはひるむことなくいう。「二度とやられるものか！」

闇のなかで垂直に浮遊する、長さ二メートルほどの棒状の物体が、急に輝きだした。白くぎらぎら光る。だが、四方八方からますます明るさが突進してきて、闇を数秒で吸収すると、その光はみるみるうちに薄れ、棒の輝きは完全に消えて……真っ黒な〝槍〟に変わり、ゆっくりとペリー・ローダンのほうに浮遊してくる。

テラナーは右手を伸ばし、すこしためらってから、それをしっかりつかんだ。槍状の物体はすべすべしていて冷たく感じる。しかし、ローダンはその背後に不気味なエネルギーのメンタル振動を感じた。と同時に、〝槍先〟がむらさき色にぱっと輝いた。

ローダンはあたりを見まわす。

　ふたたび、すべては、暗くなる前と同じだった。

「副次的効果は避けられなかった」と、ラフサテル＝コロ＝ソス。「こうするしか、インパルス・アクティヴェーターの実体化はできないのだ」

「つまり、これはインパルス・アクティヴェーターなのだな」と、ローダンはいい、〝槍〟を両手で持つ。そのさい、回転させたので、いまは水平になっている。

「そうだ、インパルス・アクティヴェーターだ」クムラン＝フェイド＝ポグは説明する。

「われわれの技術をもってしても、これひとつしかつくれなかった」

「なにでできているのか？」と、ローダンはたずねる。指の長さほどの槍先……そのむらさき色の輝きが、なにかを思い起こさせる。

「柄は黒い金属だ。もちろん、特殊な処理とプログラミングによって、きみたちのルナのインポトロニクスよりも高度な制御・調整機能を有している」と、クムランがいう。

「槍先はセクスタゴニウムでできている」

　最初の説明からして、ローダンはショックに似た影響を受けたのに、ふたつめの説明で頭がおかしくなりそうだった。

　テラの高セキュリティ実験室で、ホワルゴニウムにクイントロンを照射してセクスタゴニウムをつくりだそうと試みたとき、なにが起きたか、まだ正確におぼえている。当時、この合成物質はゼロ時間デフォルメーターを構築するために使われた。それがなければ、ダッカル走査リゾネーターは適切に作動しなかっただろう。

当時、照射は一クインタトロンでおこなわれ、あやうく潰滅的なカタストロフィを引き起こすところだった。圧縮化プロセスで不安定性が生じたのだ。リバルド・コレッロがいなかったなら、爆発が起きていただろう。かれがプシオン性の六次元エネルギーを使ってタイミングよく介入し、発生中であったセクスタゴニウムを六次元性の高エネルギー凝集体に組み替えることで安定させなかったら、とんでもないことになっていた。

そのことの完全な記憶が、テラナーに心的バランスをとりもどさせた。かれは、安堵のため息をつく。

クムランはそれだけを待っていたかのようだった。というのも、引きつづき説明をはじめたから。

「とはいえ、インパルス・アクティヴェーターは武器の一部にすぎない。全体では〝デヴォリューション・コンポーネント兵器〟すなわち〝デヴォレーター〟を構成する」

ペリー・ローダンは慄然としたが、そぶりにはあらわさなかった。しかし、かれは、巡洋艦の司令室にいるほかの者たちが催眠術にかかったようにインパルス・アクティヴェーターを見つめているのを感じた。

かれはみずからに冷静な笑みを強いた。もちろん、そのためには相当な意志の力を要したが。

「わたしが思うに、インパルス・アクティヴェーターがエレメントの支配者に触れれば、それが百の貯蔵庫に作用して、そこに貯蔵されている五次元および六次元エネルギーを放射させるのだな」かれはできるかぎりしずかに確認する。

こんどは、両ポルレイターさえ驚く。

クムランは言葉が出ないようだった。一方、ラフサテルはすこしためらってから訊いた。

「どこからその知識を得たのだ、テラナー？」

ローダンは、あたかもひとりで正しい認識にいたったかのように、はったりをいうこともできただろう。しかし、そうするのは、かれの性格とはほど遠い。

「ジェフリー・ワリンジャーが、ハイパー物理性諸現象の出現後に、適切な手がかりを発見したのだ」と、かれは説明する。「なんといっても非常にセンセーショナルな問題なので、われわれ全員がそれについて考えた。そのとき、ヴィシュナとタウレクがわれわれに、六次元半シュプール性の非常に強力なショック・インパルスへの決定的なヒントをあたえてくれた。わたしはコンポーネント兵器に関するクムランの解説後、二に一をたしただけだ」

「二に〝一〟をたすって？」グッキーがほとんど聞こえないような声で訊く。

「メビウス衛星、六次元貯蔵庫」そこにインパルス・アクティヴェーターをたして……合わせて三コンポーネントだ」と、ローダンはグッキーに答え、ふたたびポルレイターを見つめる。「貯蔵庫の正確な名称は、なんという?」

「セクスタディム・パルセーター」と、クムランは答える。「きみたちの共同の業績に敬意を表する。すべて、きみのいうとおりだ。われわれ、デヴォレーターの開発にさいして、エレメントの支配者がある進化の産物だというところから出発した。その進化は……倫理的・道徳的内容を評価しなければ……超越知性体と同じレベルに達するもの。つまり、高度な知的ポテンシャルを持つ、とてつもなく複雑な生命形態で、肉体は持たず、どんな任意の姿をとることもできる。位置を変えるには絶対運動を用いる」

「〝それ〟と同じように」この状況に応じてふたたび心のおちつきをとりもどしたウネア・ツァヒディが言葉をはさむ。

「そのとおり」と、クムランがいう。

ペリー・ローダンはインパルス・アクティヴェーターを垂直に床に立つようにおろし、槍先を上にして、右手だけで持つ。

「しかし、わたしが思うに、エレメントの支配者が通常の、純粋に精神的な状態にあるときであれば、セクスタゴニウムの槍先で突かれたりしないのでは」と、ローダンは声に出しながら考える。

力の集合体に、けっしてからだのない状態では近づかないだろう。肉体を持つ低いランクの生物にみずからを変化させることを強いられるはず」

「ヴィシュナとタウレクのような姿に」と、ローダンは確認する。

「まさに……あるいは、似たような姿に」と、クムランがいう。

「そして、ランクの高い生物がより低い生物に変身したならば、多くの能力を自由に使えなくなるので、からだを持った状態のエレメントの支配者を攻撃することは可能でしょう」と、ワリンジャーはいう。「そうなると、かれはいわゆる変身症候群に屈するわけだ。しかし、かれにセクスタゴニウムの槍先が命中したら、なにが起こる？　そのとき、ふたたび本来の高いランクの存在形式に変わることはありうるのではないか？」

「いや」と、クムランは答える。「触れたさいに、セクスタゴニウムの槍先はエレメントの支配者と分かちがたく混じり合い、パルセーターの六次元ショックを中継することになる。この瞬間から、もはやいかなる再変身も不可能になるのだ。なぜなら、そのショック・インパルスは、かれのもとでは退行現象すなわち逆進化を引き起こすから。その最初の作用で、非実体化と姿を変える能力は無効化される」

「どれくらいまで逆進化するのだ？」と、ツバイがたずねる。

「進化のもっとも低い段階まで」こんどはラフサテルが答える。「しかし、個々の段階がいかなるものかまではわからない。エレメントの支配者がいかなる進化の発展によって生じたかによるから……それはわれわれも知らないのだ」

「なんとも心強い！」と、ローダンが皮肉めかす。「もうひとつだけ質問がある。アクティヴェーターはどうやって操作するのか？　ほんものの槍のように投げるとは思えないが」

「メンタル的に目標を狙うのだ」ラフサテルが説明する。「たいていの生物にとってはむずかしすぎる。それゆえ、クムランとわたしがエデンⅡへ同行する」

ローダンは深く息を吸いこみ、この驚きを消化した。

「きみたちが乗船代金を支払うことができるなら！」と、かれはいう。

「乗船代金？」ラフサテルが啞然としておうむがえしにいう。「だが、同盟種族の場合、支援は無料だろう」

「相互性にもとづいていればな」テラナーは皮肉をこめていう。「きみたちは、エデンⅡのポジション・データについては知らないと説明したが、どうやらなにか知っている。でなければ、きみたちが《バジス》に乗ることにまったく意味がないはず」

「われわれ、エデンⅡへの行き方は知らない」と、クムランがいう。「しかし、ひょっとするとそれについて知っている者を知っているかもしれない」

「やはりな！」ほっとしてローダンはいう。

「きみたちが〝ろ座〟と呼ぶ銀河に存在する、非常に古い生命形態だ。〝ノクターン〟と呼ばれる。もっとも高齢のノクターンなら〝それ〟について、また〝それ〟の力の集合体の精神的中心への行き方について、知っているにちがいない。われわれの情報記憶バンクでは、かれは〝ろ座の賢者〟と呼ばれている」

「ろ座は直径が七千光年ほどありますよ」ヴルロンのレージャーが口をはさむ。

「賢者が住む星系の座標を知っている」と、クムラン。「さらに、われわれ、通過のためのシンボルをいくつか持っている。とはいえ、シンボルの意味に関しては、情報が欠けているのだが」

「われわれがそれを見つけるだろう」と、ローダンがいう。

「では、ろ座に向かいましょう！」と、ワリンジャー。

「そうするしかない」ローダンがきっぱりという。「エデンⅡへの道は、どうやら多くの迂回路を経由するようだ。時間をロスしすぎなければいいのだが。エレメントの支配者が、われわれより先に到着すれば……」表情が暗くなる。

ローダンは最後までいわなかったが、かれが考えていることは、その場にいる者全員に明らかだった。

かれらがエデンⅡに遅れて着けば、〝それ〟はもはや存在しないだろう。

2

「わたしを悪から善へ、闇から光へ、死から不死へと導かんことを！」

なかば歌うようにしゃべる〝グル〟の言葉に、シガ星人四人はじっと耳をすます。エルトルス人のプシカムを盗聴しているのだ。スクリーンには、脚を組んでちいさな絨毯にすわる、堂々たる姿がはっきりとうつっている。

マグス・コヤニスカッツィは、短く自己紹介した最初の中継のときとまったく同じように見えた。サンダルを履き、くるぶしまである長い白のローブをまとっている。ただ、しわが刻まれた顔には変化があった。額に、白い星が描かれていたのだ。

「あのしるしはなにを意味するの？」と、オリガ・サンフロが訊く。

「白い星は構成員であることのしるしです」ヴィールス船《ナゲリア》が〝シガ星人の〝アルトの声でいう。シガ星人の副ヴィーロ宙航士たちにはこの声で話すのがつねである。「あのしるしをつけている者はカーリーの信奉者であり、シャクタであることを意味します。とはいえ、この場合、マグスはたんなる信者ではなく、教派の師であり告知者です。なぜなら〝グル〟はヒンディー語で、ヒンドゥー教の宗教的師をさす言葉にほかならないからです。ただ、シャクタのもとに存在する二派のどちらをマグスが教えるのかはわかりません」

「二派？」タンゴ・カヴァレットが訊く。

「そうです」と、《ナゲリア》が確認する。「ひとつは右派で、信者には献身と母性愛がすすめられる。もうひとつは左派です。そこでは人は、肉、ワイン、魚、蜂蜜、性交によってエクスタシーに達します」

「黙れ！」タンゴが困惑していう。「オリガとデシがきみの下品な表現で気絶した」

「下品？」ヴィールス船がくりかえす。「わたしが〝肉〟といったから？」

「それではない」タスナイト・レヴェルは答え、顔が暗緑色になった。「われわれ、もうそのことは語りたくない。わたしは、マグスが右派の師としての本領を発揮することを願うだけだ。そもそも、カーリーとはなんだ？　わたしがこの言葉で理解するのは、自然界に存在するカリウム塩の総称だが」

「神が世界なのだ」と、グルが歌う。「眠る者が夢を体験するように、神のなかに宇宙は存在する！」

「そんなに悪い響きではないな」と、タスナイトがいう。「強く訴えかけるものがあり、もっともらしく聞こえる」

「きっと猫をかぶっているのだ」と、タンゴ。「どうもわたしには、このマグスはわれわれに、かれの利益になることだけをさせようとするいかさま師のように思われる」

「魂の大きさは不変だ！」と、マグスは歌う。「魂は意識とは違う。意識はからだのように変化する」

「では、ÜBSEF定数はどうなる？」タンゴが叫ぶ。

しかし、グルはそれには反応しない。ヴィールス船がシガ星人とマグスのあいだの直接のコミュニケーションを妨げ、そうすることで《ナゲリア》のエルトルス人たちに密航者たちのことを知られないようにしているからだ。どっちみち、エルトルス人はある種の疑念をいだいているようだが、あらたに疑われるようなことが起きなければ、ふたたび忘れるだろう。

「きみはわたしの質問にまだ答えていない、船よ」と、タスナイトがうながす。

「たしかに」と、《ナゲリア》は認める。「黒い母カーリーは神の化身で、そのなかに〝近づきがたい者〟と呼ばれる女神ドゥルガーがときおり姿をあらわします。ちいさな子供をときどき生け贄（いけにえ）として捧げなければならないとされています」

「予感はしていた、マグスはうさん臭いやつだと」と、タンゴが説明する。「もちろん、わたしは子供を生け贄にするなど信じない。多くの宗教に見られるように、それは悪意ある者の発言だろう。それでも、マグスがカーリーの信奉者であることは特徴的だ」

「全員、集まっているな！」グルが叫ぶ。かれの白い目は突然様相を変え、耳をかたむける者たちの顔それぞれを直視しているかのようだ。「ヴィールス船二十隻に乗る全ヴィーロ宙航士たちよ。残念ながら、かならずしもすべてのヴィーロ宙航士が、わたしといっしょにエデンIIへ行くことを決心したわけではない。三隻の乗員たちは相いかわらず拒んでいる」

「では、かれらを去らせろ！」と、エルトルス人四人のひとりが声をとどろかす。ウマン・ゾカフだ。「だれに対しても、なにかを強いることは許されない」

「強制を試みるつもりはない」と、マグスが約束する。「わたしはただ、かれらを納得させるつもりだ。なぜなら、われわれ全員で一丸とならなければ、エデンIIへの道を見つけるに充分な強い集合意識をつくることができないのだから」

＊

「われわれがエデンIIでなにをやるべきだと？」シャストル・ドルモンが怒ったようにいう。「われわれ、あそこでは必要とされていない」

「団結の問題だ」と、マグス・コヤニスカッツィが説明する。「十七隻のヴィーロ宙航士たちは、エデンIIを発見することを目標としている。しかし、《ブラディ・マリー》のきみたちや、《オーキッド》と《ヤグス》の乗員たちが引きつづき拒んでいたら、かれらは、そこへはけっして行けない」

「わたしたちには、遠くの宇宙を調査したいというちゃんとした理由があるの」と、リルダ・コンタルがいう。彼女はヴェイリー・ブロンとタラ・メファノフといっしょに《ブラディ・マリー》の司令室にいた。「コスモクラートに指示されたことなど、やりたくない。わたしたち、あまりに野心的な目標を持ち、あやうく失敗するところだった。《オーキッド》のヴィーロ宙航士数名は死にさえしたわ。これでようやく終わりよ」

「それが全員の総意だ」と、クミン・ザロウは確認する。「われわれは惑わされ、まさに破滅しそうになった。英雄的行為、戦い、勝利といった言葉がいかに空虚で腐っているかを、惑星シーマで学んだのさ。エデンIIで必要とされているのは、ペリー・ローダンのような、ほんとうになにかを達成することのできる人たちだ」

「もしかすると〝それ〟は、まだわたしたちになにか危険な任務を託す気なのかも」と、タラ・メファノフはいい、クィリン・シールドにもたれかかる。「二度とごめんよ、グル！　わたしたちをほうっておいて。わたしたち、平和な世界を見たいの」

「最後のクロノフォシルが活性化され、フロストルービンがもとの場所にもどれば、いまよりも平和な世界が実現するだろう」と、マグスは主張する。「ペリー・ローダンがこの使命を達成するには、助けが必要だ。きみたちに助けろというのではない。しかし、ペリー・ローダンを支援するためにエデンIIへ向かいたいヴィールス船十七隻の乗員の思いを実現させる団結を、きみたちが提供できるのだ」

「ひょっとしたら、わたしたち、ほんとうにそうすべきかもしれないわ。そのあと、自分たちの道を行くことができるのなら……」ヴェイリー・ブロンがいい、クミン・ザロウにほほえみかける。

「よく考えるべきだろう」と、クミンがいう。

「しかし、きみたちは節操がないな」と、シャストル・ドルモンが怒っていう。「数分前には、エデンⅡへの冒険に関わりたくないということで一致していたのに……いま、すでにわれわれのふたりが考えを変えた」

かれはグルのホロ・プロジェクションを怒りのまなざしで見た。

「いったい、あなたはどこからきたのか？　あなたがいるのはどのような船か？」

「わたしは地球人類と、女神シュリムの化身ヴァマニとの合体だ」グルは語る。「わたしは過ちをおかし、ヴァマニの怒りを買った。彼女によってわたしはバージャドゥガ宇宙に追放され、そこで清められて、もどってきたのだ。真の教えをひろめ、この宇宙の住民を助け、善を守り、悪を阻止するために」

「べつの宇宙にいたのか？」と、クィリンは感銘を受けたようにいう。

白い目が吸いつくようにかれの顔を見すえた。

「そのことをわたしに訊くな、わが友よ」マグスはうやうやしくいう。「そこにくらべたら、地獄すら楽園だろう」

「そうしたことすべては、とても神秘的に響くが」と、シャストル。「それが嘘でないと、だれがわれわれに証明できる、マグス？」

「だれも」グルはおだやかに答える。「真実はそれぞれがみずから見つけだすべきもの。しかし、わたしはきみたちになにも望んでいない。なぜ、わたしがきみたちをだまさなければならないというのか？」

「わからない！」シャストルは不機嫌に答える。「しかし、あなたがどのような船にいるのか、まだわれわれに明らかにしていない。ヴィールス船か？」

「いや」と、マグスが答える。「ヴァマニが自由に使わせてくれるガルウダ球だ。これは、女神シュリムの物質化した思考からできている。わたしが任務をなしとげたとたん、消滅するだろう」

「どのような任務を？」と、リルダ・コンタルがたずねる。

「ペリー・ローダンがエデンⅡに到着したとき、かれの自由になる協力者を供給すること」と、マグスは答える。

リルダはため息をつき、シャストルを見つめる。

「わたしはかれを信じるわ」と、リルダ。「お願い、あなたももう一度よく考えて。あなたもかれを信じてくれたらうれしい。ペリー・ローダンがエデンⅡに着いたとき、協力者が必要なのにまったくいなければ、とても困ったことになると思うの」

シャストルは彼女のまなざしに応え、それから慎重にうなずき、

「もう一度考えてみる」と、明言する。「そのためにどれくらい時間をくれるんだ、マグス？」

「好きなだけ」と、グル。「ただし、ペリー・ローダンにどれほどの時間があるのか、わたしにはわからない」

「わかっている」と、シャストルは答える。

「きみたちの理解に感謝する」と、グルはいい、お辞儀する。「また、連絡する」

＊

「いったい、いつになる？」ショクルーは訊き、長い鼻を揺り動かす。「いつ、われわれ、エデンⅡへ出発するのだ、船よ！」

「わたしにはわかりません」《ガイ・ネルソン》がいう。「マグス・コヤニスカッツィは、ヴィールス船二十隻の全乗員が自分たちの意識をひとつの集合意識に一体化する覚悟ができるまで、待つつもりのようです」

「では、グルを呼びなさい！　はっぱをかけるから！」ネフツェラーは毒づき、赤みがかったブロンドのウイッグをいじる。

「呼びます」ヴィールス船が答える。

「よろしい！」と、ショクルーはいう。

かれは半円形に湾曲したコンソールポイントの前の可変シートにすわってポーズをとり、すでに刻みタバコを詰めこんだパイプに火をつける。いつものように煙にむせって、咳きこんだが、かまわずタバコを吸いつづけ、金色の紐のついた青い船長帽がきちんとかぶさっているかをチェックする。まっすぐすぎはしないか、ななめになりすぎていないか、目深になりすぎていないか、と。

必要な修正をすませると、船載ロボットを探す。充電のためにコンセントにつながっているのを見つけ、

「そろそろ充電は終わるんだろう」と、難癖をつけるようにいう。「至急、バーボンがほしい」

「ただちに、サー」ロボットは答え、直立不動の姿勢をとる。

唐突な動きだったため、視覚セルが床に落ちた。ロボットがそれをひろいあげようとして、かがんだそのとき、ウニト人でいえば尻に相当する部分の金属が、ちょうどそばを通っていたワロンガの右膝にぶつかった。

太った女ウニト人は金切り声をあげた。それから振り向き、非難するように、長い鼻でロボットをさししめした。

「ジョージがわたしをからかった！」彼女は憤慨した。「不道徳にもわたしのことを触ったわ……しかも、ぜんぜんエレガントじゃないやり方で」

「それは船長に報告すべきことだ」と、ガゴルトゥがいう。

ショクルー船長はまた咳きこみ、火の消えたパイプを操縦コンソールの上に置き、シートからからだを滑らせ、ジョージの前で身がまえる。

「人がきみを非難したのを聞いたな、スクラップ箱」と、かれはきびしくいう。「それについて、なにかいうことはあるか？」

ロボットは頭のなかで、なにやらかちゃかちゃと音をたてた。腕の長さの、プラスティック・リングをつなげたグレイの長い鼻が、まるく縮こまる。

「非難したのは人ではなく、ウニト人女性ですが」ジョージは、コーヒーミルで砂利を挽いているようなノイズをたてながら説明する。「わたしの責任ではありません。なぜなら、苦情をいわれた動きは、もっぱら落とし物をひろいあげるため。ぶつかったのは、まったくの偶然です」

「聞いてのとおりだ、ワロンガ」と、ショクルーはいう。「きみの告発はいわれのないこととしてしりぞけられる」

「あなたたち男はみんなで結託している！」ワロンガは毒づき、ロボットの左ふくらはぎを蹴とばす。

ジョージはがちゃがちゃと、非難めいた音をたてた。

「器物破損だぞ、ワロンガ！」ショクルーがきびしくいう。「なんらかの機能障害が判明したら……」

「通信がきました」《ガイ・ネルソン》によってさえぎられる。

司令室にグルのホロ・プロジェクションが生じた。

「ご機嫌いかがかな、わが友たちよ？」マグス・コヤニスカッツィがもったいぶっていう。

「われわれ、退屈している」と、ショクルーが答える。

かれのためにジョージが持ってきた、すでに開いている瓶を持ち、長い鼻で、金色の液体の三分の一を吸いこむ。

「おお！」うまそうな声を発する。「年代物のいいバーボンにまさるものはないな」

ネフッェラーが楽しそうにくすくす笑う。ショクルーがすべての乗員同様に禁酒主義者であることを知っていたから。かれの〝バーボンの瓶〟にはリンゴジュースが入っているのだ。

マグスは謎めいた白い目で船長を見るだけで、なにもいわない。

ショクルーはげっぷをし、それから瓶をロボットに返すと、

「さ、これですっきりした」と、いい、プロジェクションに目をやり、威厳に満ちた声

でいう。「マグス・コナンフィスカッチ！　わが部下たちが、意識合体の予定日時につ
いてきみと話すようわたしに進言している。きみにいうべきことはあるだろうか？」
　グルは頭をさげ、それから上体をまっすぐに起こした。
「わが名はマグス・コヤニスカッツィだ」かれのいい方に非難がましさはない。
「そうわたしはいった！」ショクルーはいらいらして大声でいう。「マグス・コニャッ
クサッチと！」
　ネフツェラーが鳴りひびくようなくしゃみをし、ブロンドのかつらが飛んだ。司令室
を滑空するかつらを彼女は目で追い、
「いまいましい星のくず！」と、猛り狂う。
「おいおい！」と、ショクルーは叱る。「メイベル・ネルソンはそのような表現をけっ
して使わなかっただろう」
　かれはふたたびグルのほうを向き、
「マグヌス・コワルスコウスキよ。われわれ《ガイ・ネルソン》の乗員はみなテラの有
名なガイ・ネルソン船長とかれの姉メイベルのファンだということを、知っておいても
らいたい」と、いう。「たとえ、われわれウニト人がテラナーとはすこし違う外観をし
ているにしろ、われわれは、みずからをネルソン派だと感じている」
「すばらしい！」グルは、自分の名前をもう一度正そうとはせずに讃える。「つまり、

きみたちは、われわれがいつエデンIIに向かうのかを知りたいのだな。その答えはしごくかんたんだ。ここにいるヴィールス船二十隻の全乗員の用意ができたらすぐに出発する。ショクルー船長、わたしはきみに忠告しておく、そのときまで、もうアルコールは飲まないように。その化学的成分は神経毒だ。意識をむしばみ、きみがほかの意識と合体するのを困難にするだろう」

「心配ご無用！」ショクルーは答える。「わたしはアルコールは飲んでいない、飲んでいるのはいつもバーボンだけ」

「なら、けっこう」と、グル。「では、また。わが友たちよ」

「さらば！」ショクルーが大声でいう。「ソー・ロング、さようなら、マルス・コンフラカンスキ！」

＊

「かれが歌った！」オ＝ビュリュクスが感動して、さえずる。「グルが歌った！」

ブルー族は魅了されたように、《リュルリュビュル》の司令室のまんなかに生じたマグス・コヤニスカッツィのホロ・プロジェクションを観察する。まるで、グルおんみずからがいるかのような印象だ。そのプロジェクションがいう。

「わたしは今回、偶然この宙域に集まった二十隻の全ヴィーロ宙航士に相談したい」

「偶然？」イ＝ステュリュクスがちいさな声でおうむがえしする。「たんなる偶然だとは思えない。われわれ、メッセージをともなったモルケックス小惑星を発見しなければ、けっしてここにくることはなかった。実際、奇妙な話だ。あなたがあと押しをしたのでは、グル？」

マグスはそれには応じなかった。かれはヴィーロ宙航士たちへのスピーチを用意していたのだ。

「では、これからわたしが告げることを聞いてくれ！」かれはなかば歌うように大声を出す。「われわれが意識をひとつの強力な集合意識に合体させる時は近い。それゆえ、未熟な感情が集合意識に負担をかけることのないように、禁欲によって心を清めよと呼びかける。食事をやめ、純水だけを飲み、性愛を避けるのだ！」

「グリーンの砂の被造物にかけて！」やはり司令室にいて、キュヒュングに色目を使っていたフリュテテュが思わずいう。「じゃ、だれが次の世代の心配をするの！」

「それはあとで埋め合わせられる」オ＝ビュリュクスは彼女をなだめる。「それより、食事をやめるほうが、われわれにはむずかしい。洗練された食事と飲み物は、われわれの文化の本質的構成要素だから」

「わたしの言葉を信じてくれ、友たち」と、グルはつづける。「きみたちは禁欲の要請に逆らうべきではない。さもないと、恐ろしい病気になるぞ」

「病気に？」イ＝ステュリュクスが驚いてくりかえし、こっそり口に入れたばかりのムッチの実を吐きだす。「恐ろしい病気だと！　真実の白い被造物にかけて！　それなら、わたしは禁欲する」

「われわれ、誓おう！」オ＝ビュリュクスがおごそかにさえずる。

かれが意志強固に空腹の胃と戦う一方、グルはスピーチをつづけた。

*

「すでに二十隻の宇宙船がそろった」シャドウ・ジャヴェリンは確認する。

「ますます輪郭がはっきりしてきたわね」バンシールームが補足し、その場でゆっくりと一回転した。

シャドウとバンシールームは、不可解な次元を通る悪夢のような旅をへて、いまも同じ場所にいる。しかし、もともとここを支配していたガラスのようなかたい媒体は跡形もなく消えていた。

ふたりは通常の宇宙空間を浮遊している。銀河系とM‐33というふたつの銀河のほぼまんなかあたりだ。

いずれにせよ、ノーマッドと〝その姉〟がそれを知ったのは、宇宙船二十隻の乗員のあいだでかわされる会話を傍受したからだった。

たいした内容ではない。ただ、〝銀河系〟という名を最初に耳にしたとき、シャドウ・ジャヴェリンの体内に妙な引っ張られるような感覚がはしった。ホームシックのようだと最初は思ったが、だからといって、どうしようもない。なぜなら、そもそも〝ホームシック〟がどういうものなのか、思いだすことができないのだから。

そのうえ、さらなる出来ごとと通信会話がかれと姉に多くのあらたな謎を課したため、かれは、それに関するさらなる思考ができなかった。

いまもバンシールームはあれこれ考えをめぐらせている。この謎に満ちたマグス・コヤニスカッツィとは、何者なのか。かれは〝グル〟と名乗り、宇宙船二十隻の全乗員と共同して超越知性体の力の集合体の精神的中心……〝それ〟が存在するといわれ、エデンIIと呼ばれている世界……を探すことが、みずからの使命だと明らかにしている。

「どうして、ほかの者たちは、われわれとコンタクトをとろうとしないのだろう?」シャドウは考えていることを口に出した。

「わたしたちだって、かれらとコンタクトをとらなかった」と、姉が答える。

「それができなかったからだ」と、シャドウはいう。「かれらはテレカムやミニカムの呼びかけにも反応しない。しかし、ひょっとしたら、われわれふたりをとりかこんでいる物質のせいかもな。それがどんな通信波もなかから外へ通過させないのかもしれない」

そういうと、両腕を伸ばし、ふたりをとりかこんでいる直径七メートルの物質に指先で触れる。完全に透明だが、鋼のようにかたい物質だ。

宇宙服の手袋の外側の面に存在する不可視のセンサー・レセプタが、両手の有機センサーでは生みだせない触感をかれに伝える。

「クリスタルのようなものだ」かれは何度めかの確認をし、同時に、これも何度かやっているとおり、セランのハイパー走査機の探知データを読む。「直径は変わらず七メートル。牢獄のようだ。なぜ、われわれは外へ出られないんだ？　わたしもエデンⅡに行きたいのに。グルという男が、ほかの二十隻をなんらかの方法でこのポジションに呼びよせたのはまちがいない。全船が偶然、この虚空に到着したなどということはありえない。われわれにしたところでそうだろう」

〈ふたりはエデンⅡに行くことになります、ほかの者たちが行くのなら〉

「ん？」と、シャドウ。「いまの認識は突然どこからきたんだい、姉さん？」

いま話したのがバンシールームでないことがはっきりしたとき、かれは、目を大きく見開いた。まったくべつの声だった……そして、自分を見る姉の不思議そうな目が、その認識を強めた。

「では、だれだったというんだ？」ノーマッドが大声でいう。「マグスか？」

〈いえ、あの不気味な男ではありません！〉同じ声が答えた。〈わたしです〉

「だれかがあなたに答えたの？」と、バンシールームが訊く。

「そうだ」と、シャドウが答える。「きみには聞こえなかったのか？」

「ええ」

「では、あれは、わたしの脳波に向けられたメンタルベースでの答えにちがいない」と、シャドウがいう。「声は、自分はグルではないといい……グルを不気味な男と呼んだ。しかし、自分がだれなのかはいわなかった」

〈われわれは以前、会ったことがあります！〉メンタル性の声があらたにいう。〈深淵でのことをおぼえていないのですか、モジャ？〉

ノーマッドは稲光に打たれたような感覚を受ける。はげしく震えながらクリスタル球体の内部空間でよろめき、意識を失う。

宇宙服につつまれた両腕がかれをとらえ、かれの頭を両膝の上に横たえた。

突然、意識がもどる。

かれは目を見開き、上方にある女の顔を凝視する。

「深淵……！」かれはつかえながら話す。「おぼえている。自分がモジャと呼ばれていたことも思いだした。しかし、そのほかのことはほとんどなにもわからない。ただ、姉さんもそこにいたよ。だけど、そこでの名前はバンシールームではなかった。深淵ではなんという名前だった？」

「思いだせないわ」と、女が説明する。「でも、わたしはあなたの姉ではないという記憶がよみがえりつつある。わたしが弟を探していたのはほんとうよ。でも、わたしの弟はあなたとはまったく違う生物だわ」

「しかし、われわれは同じ種族だろう！」かれはいきりたつ。

彼女はかぶりを振り、

「いいえ、そのように見えるだけ。わたしは、いまのわたしではない。うまく説明できないけど……いまは、まだ。あなたはわたしの弟ではないわ、シャドウ。けれども、わたしたちは精神が似かよっている」

「われわれ、ふたりともなにかを探しているんだ」ノーマッドが確認する。「どちらも捜索者ということ」

〈わたしも探しています！〉と、声がささやく。

「きみは何者だ？」ノーマッドが訴えかけるようにたずねる。「いいかげん、名前をいってくれ！」

〈わたしもあなたと同様に捜索者なのです、モジャ！〉と、声が答える。〈そして、バス＝テトのイルナとも同様に〉

ふたつめの稲光がノーマッドのもとに落ちた。

「バス＝テトのイルナ！」かれは身震いしてささやき……勢いよく倒れる。女がかれを突きはなし、いきなり立ちあがったのだ。「いや、それも違う。なぜならきみは……」

「お願い！」女はささやく。「なにもいわないで、モジャ！　あなたは深淵でわたしを死から守ってくれた。いまは、わたしの最大の秘密を守って！」

彼女は両腕を伸ばし、かれを助け起こす。

かれはヘルメット・ヴァイザーごしに彼女の顔を見つめた。

かつて美しいアコン人貴族のものだった顔は、いまもそのままだ。

それでも、バス＝テトのイルナはアコン人ではない。彼女のほんとうの名前がバス＝テトのイルナでないのと同様に。

まったく違う。

彼女はカッツェンカットの姉なのだ。

3

「これはすこし変ね」サンドラ・ブゲアクリスは確認しながら、制御コンソールのディスプレイにあらわれた数字をさししめす。「わたしたちの資料によれば、ろ座は直径が七千光年ほど。でも、近距離探知だと、直径二万七千光年あるわ」

「それに、四千万の恒星がある。わたしたちのデータだと、恒星は二千万しかないはずなのに」ジャヴィアの代行の横に立つデネイデ・ホルウィコワが補足した。

「そんなことはありえない！」思わずフェルマー・ロイドの口から漏れる。

ウェイロン・ジャヴィアはサンドラの最初の言葉に耳をそばだてるように頭をかたむけ、輝く蛍光を発する両手を操縦コンソールの上にたいらに置いていたが、目を細めて〝H〟の飾り文字がうつっているコミュニケーション・スクリーンに目をやった。

「どう思う、ブリキ箱？」かれはおちつきはらったようすでいう。

ペリー・ローダンは、またもや予測とは異なる展開になりそうだと思いながら、その場面を注意深く追った。

「われわれの資料は古いですから」ハミラー・チューブが船長の質問に答える。「それに、すくなくともそのデータは、非常に遠方から算出されたものです、サー」

「でも、それだけでは、このひどい相違を説明できない」サンドラ・ブゲアクリスが辛辣にいう。「わたしたちの天文学者が使う高性能機器で、そうそう重大な差異が生じたりしないわ。なにかほかの理由があるはず」

「ブリー……！」ローダンは思案するようにつぶやく。

「なんでしょう、ペリー？」ジャヴィアは、問いかけるように不死者を見つめる。

「思いだしたぞ、ずっと以前にブリーが報告してきたことを。かれがエクスプローラー船二隻をろ座に派遣して、それらは帰ってこなかった。ずいぶん昔のことだが、ぬきさしならぬ出来ごとがいろいろあった結果、ブリーはその件を調査できなかったのだ」ローダンは額にしわをよせる。「もちろん、そのことはこの差異とは関係ない。しかし、どちらも同じ深刻な意味を持つ」

「なにを推測しているのです？」ジェフリー・ワリンジャーが質問する。

「操作だ」ローダンは小声でいう。「なにかが、あるいはだれかが、われわれの計測結果を操作した。それは銀河間の磁場だった可能性もあるし、ハイパーエネルギー性のゆがみ、あるいはそのほか自然の原因かもしれない。とはいえ、知性体による影響も排除できない。ポルレイターの客人たちが、ろ座とそこの有力な生命形態であるノクターンついて、われわれに報告したことを考えると……」

かれは、ラフサテル＝コロ＝ソスとクムラン＝フェイド＝ポグがポルレイターの記憶バンクからもたらしたデータを思いだす。

それによれば、ろ座においては、けたはずれの変態をする、まったくけたはずれの知性体が発達したという。ノクターンである。

かれらの第一の生命サイクルは、いわゆる〝群れ段階〟だ。ノクターンは、五次元振動結晶体からできたエーテル状の生物で、さしわたし二メートルから百メートルまでのきわめて薄い膜となっている。知性は持たず、本能によって突き動かされ、百万にまでおよぶ個体が群れとなって宇宙を移動する。それに用いる飛行コースは、数百万世代も前の先祖と同じ。星から星へと飛びうつり、恒星の五次元放射を摂取するのだ。

このことでもっともすばらしいのは、摂取されたハイパー放射がたんに通常の代謝や成長に使われるだけでなく、一部は蓄積され、遷移原理にしたがう超光速移動に利用されることだ。そのさいの移動距離は、一光年にまで達する。

とはいえ、そこで付随的に受け入れた超ハイパー放射、つまりプシオン性放射は、ノクターンの役にたたない。それゆえ、かれらは、それらを半物質状態のプシ・エネルギーのかたちで飛行ルートの空隙に排出する。ポルレイターの記憶バンクのなかでは、その排出物には〝パラ露〟という名がつけられ、そのため、パラ露がたまった宙域は〝露領域〟と呼ばれていた。

群れノクターンのすべての個体が最大限の大きさ、百メートルになると、すぐに第二の生命サイクルへの変態がはじまる。そのとき、わずかな個体が群れから分かれ、ちいさな同族からなるあらたな群れをかたちづくることによって、後続世代のケアをする。

しかし、個体の大部分はいわゆる〝棒段階〟に入る。成長したノクターンは、星間物質や小惑星や衛星など、重力の比較的ちいさなかたい天体に居を定める。かれらはそこにとどまり、数千年、数百万年の時の流れのなかで……やり方はまだわかっていないが……ますます多くのほかの成体を引きつける。そして全員でひと塊りになり、黒い振動結晶体からできた巨大な棒に変身するのだ。

この段階のノクターンは知力を発展させ、たがいに一種の競争をはじめる。棒が大きくなればなるほど知力も発達し、知力が発達すればするほど、ほかのノクターンを……それどころか群れ全体をさえ……ハイパー通信シンボルを使ってうまく引きつけることができる。これは雪崩のように知力を向上させる。

ポルレイターがいうように、もっとも高齢の〝棒ノクターン〟がもっとも知力を持っているにちがいないと、ペリー・ローダンは納得したもの。

ローダンは物思いに沈みながら手で額をぬぐい、大全周スクリーンのフロント・セクターに目をやった。そこには目下、ろ座全体を三分割したまんなかの部分が全面にうつしだされている。なぜなら、その自転平面のななめ上方、わずか数光年のところに《バジス》はいるから。

ろ座は楕円銀河なのだ。とはいえ、星図カタログには、字義どおりに翻訳すれば〝風変わりな〟を意味する形容詞が追加記載されている。天文学では、ろ座はEタイプの銀河とみなされているが、その外観は、かならずしも正確にこのタイプに相応していない。特殊性があるからだ。

「見たところ、特殊なものはなにも視認できないが」ローダンは不吉な予感をいだきながらいう。「家長がよそ者に敵意をいだくような特殊性もまたあるのではないかと、わたしは恐れている。われわれに訪問してほしくないのでは」

「んで、ぼくらはかれらをそっとしておくのかい？」デネイデの膝にすわり、ニンジンをかじっていたグッキーがたずねる。

「それはできない」と、ローダンは答える。「われわれ、エデンⅡのポジションを必要としている……そして、例の相手がそれを知っているならば、われわれは、かれがそれをさしだすまで、手をゆるめることは許されない」

「例の相手？」グッキーがおうむがえしにいい、ニンジンをかじりつづける。

「ろ座の賢者だ」ローダンはユーモアのない笑みを浮かべて答えた。

*

「あとどれくらい、ここにいなければならないのかしら？」ゲシールは、若い男女の医師を〝彗星の尾〟のように引き連れて朝の回診にあらわれた船内クリニックの首席医師にたずねる。

ハース・テン・ヴァルはなだめるような笑みを浮かべ、ゲシールの脈をみる。最新のクリニックにおいては数千年来、もはや医学的必要性のない行為なのだが。センサーとポジトロン分析装置がすべての測定と検査を完全にかたづけるからだ。しかし、すくなくとも名医なら、患者が医療技術の完璧さ同様に人間的な思いやりを必要としていることは知っている。

「あと数日」テン・ヴァルは答える。「さらなる医学的治療が必要だからではなく、われわれ、あなたの失神の原因を見つけだすべく、あらゆることを試みなければならないと思うからです」

「それが、そんなに重要なことかしら？」と、ゲシール。

「わかりません」アラスは、よく知られた正直さで説明する。「医師といえども、なんでも知っているわけではないので。そういう印象をあたえようとする医師をけっして信用してはいけませんよ！　そんなことがあったり、ほかのだれかがそんな目にあったりしたら、その重要な意味がわかるでしょう。もちろん、どうしても退院したいのでしたら、そのようにとりはからいます。しかし、あと数日ここにとどまってくれたなら、うれしいのですがね」

「では、とどまるわ」ゲシールはすこし考えたあと決断する。

ハース・テン・ヴァルは礼を述べ、助手たちとふた言三言かわしてから、彼女に別れを告げた。

ゲシールはからだをうしろにもたせかけ、目を閉じる。

彼女はとても気分がよく、どうして失神したのか、いまもって自分でも説明がつかない。とはいえ、ある種の内的な不安は引きつづき消えることがなかった。ときどき幻覚を見るようにも思う。しかし、それは妊婦にはまったくふつうのことだと夫にいわれてからは、もはやそれほど深刻には考えていない。だから、そのことに関しては、医師たちにはなにもいわなかった。なぜなら、いうのが恥ずかしかったから。

おそらく居眠りをしていたにちがいない。突然、夢をみたのだ……彼女は、それが夢であるとわかっていた。自分は色とりどりの大きなさいころとボールで満たされた部屋にいて……そのなかに赤ん坊がひとりすわっていた。

わたしの赤ちゃん！

赤ん坊は彼女をとても印象的な輝く目で見つめ、唇を動かした。まるで、なにかしゃべろうとするかのように。

あふれんばかりの愛を感じ、ゲシールは両手を子供のほうへ伸ばした。

次の瞬間、映像がぐらついた。すべてが乱れ飛び、縞模様が映像を一掃する。

驚いてゲシールは目ざめ、上半身を起こし、両手を自分のからだに押しつけた。まるで子供の命を守ろうとするかのように。

「あなたはおびえ、興奮しています」ポジトロン看護師が、不可視の浮遊フィールド・スピーカーからいう。「でも、肉体的原因は認められません。当直医を呼びましょうか？　あるいは、なにか必要なものはありますか？」

「いいえ！」ゲシールははげしく答え、かぶりを振る。「悪い夢をみただけよ」

「夢をみた？」看護師は人間のようにおうむがえしする。「それは思い違いでしょう。脳波曲線の記録は、あなたがずっと目ざめていたことをしめしています。でも、幻覚を見たのかもしれません。医師を呼ばなくともいいのですか？」

「ええ」と、ゲシールはきっぱりという。「たいしたことじゃないから、わたしのことはほうっておいて！」

彼女はふたたびうしろにもたれかかり、考えをめぐらせる。

幻覚だわ！　それほど、ありありとしたものではなかった。いったいなぜ、わたしの赤ちゃんが主役を演じるような幻覚を見たのかしら？　ゲシールはため息をつく。ペリーはいっていた。彼女ははじめて母になるので興奮し、子供が生まれたらどんなふうなのか空想しているのだと。

彼女はしずかにほほえむ。

しばらくして、彼女は決心した。これからは《バジス》で起こる基本的なことに、もっと気をつけよう。そうすれば、あまりにも子供を中心にまわっている思考から逃れる助けになるだろう。

「船内インフォのスイッチを！」彼女はいい、同時に指先で、右のベッドわきにあるセンサー・バーに触れる。

指がセンサー・バーからはなれるまでのあいだ、ベッドのヘッドボードがゆっくりと起きあがった。

そのあいだに、目に見えないがたえず作動しているサーボが彼女の指示を実行する。向かい側の壁で、スクリーンが明るくなった。とはいえ、そこには、無限に見えるハイパー空間のグレイ以外なにもうつっておらず、そこを通ってときどき典型的な光現象がうねり、揺らぐだけ。

「《バジス》は目下、超光速飛行の最終段階にあります。いずれ、ろ座のまっただなかで実体にもどるでしょう」バリトンの声が告げた。「船の指導部は、通常空間にもどったあとまもなく、いわゆる〝棒段階〟にあるノクターンとコンタクトがとれることを望んでいます。残念ながら、ポルレイターの客人二名は、目下のろ座がどのような状態なのかに関してはなにもいうことができません。これに関するかれらの情報は二百万年以上も前のものだからです。

注意！　三十秒後に通常空間へ復帰します。なんら心配する理由はありません。全システムは正常に働いています。注意！　あと十秒で通常空間へ復帰します。あと五秒、四、三、二、一、ゼロ」

スクリーンがかすかに光り、それから、ちいさいが、ぎらぎらした閃光が間断なくまたたいた。どこかでサイレンが鳴る。

どうしたのかしら？　ゲシールは声をあげたかった。だが、ひと言も出てこない。愕然としながら、口がきけないことと戦った。と同時に、彼女は、映像障害や警報サイレンの理由を説明しない船内インフォに腹をたてた。

次の瞬間、スクリーンが暗くなる。病室の照明が明滅し、それから消えた。非常用照明だけが室内を薄暗い赤い光で満たす。

ゲシールは唇を動かす。しかし、いいたい言葉のかわりに、不明瞭で意味のない喃語(なんご)が出てくるばかりだ。

ぴーぴー音がする。

ナイトテーブルに置いてある多目的アームバンドの発信機だとわかった。

だれかが自分と通信連絡をとりたがっているのだ。

ペリー！

彼女はアームバンドをとり、テレカムのスイッチを入れる。スクリーンにはなにもうつっていないが、スピーカーから聞こえる声は明らかに夫のものだ。

「なにもうつらない」かれはがっかりしたようにいう。「わたしの声は聞こえるか、ゲシール？」

よく聞こえるわ！　そう彼女は答えようとしたが、ふたたびわけのわからない喃語になる。

夫は疑わしげに笑いながら、

「お願いだ、いまは冗談はよしてくれ！」と、いう。「きみのぐあいがどうなのかを知らなければならない、ゲシール。われわれ、露領域のまっただなかで通常空間にもどった……しかも、よりによってプシ嵐がはじまったときに。船では、起こりうるすべての突発的な出来ごとが起きている。ゲシール！　答えてくれ！　お願いだ！」

ゲシールは笑いたくないのに笑ってしまった。しかも、これまでなかったような笑い方で。それは、一種の甲高い叫び声のようだった。

「なにかおかしい！」と、夫が心配そうに叫ぶ。「ゲシール、いま行く！」

かれがさらになにかをいうのが聞こえたが、それは明らかにウェイロン・ジャヴィアに向けてのものだった、それから、接続が切れた。

彼女は唇をきゅっと結んだが、意味のないことをぺらぺらしゃべり、子供じみた笑い声を発したいという内的衝動に逆らうのをあきらめた。

子供じみた？

意識のなかで、思考がただの叫び声になる。

〈ママ！〉と、声が反響する。

ゲシールは最初の驚きにこわばった。まさに、ショックだった。それから、自分が下意識のなかでとっくに予感していたことを、突然、理解した。これまで、くりかえし抑圧していたのだ。なぜなら、自分でそれを不気味とみなしていたから。

しかし、いま、それが不気味なものではないとわかった。

それどころか、ひたすら美しい、考えられないほど美しいもので……彼女はそれをはっきり意識して受け入れる。

「わたしの赤ちゃん！」彼女は幸せそうに、愛情いっぱいにささやく。

＊

プシ嵐は船内の全転送機を使用不能にした。ペリー・ローダンは船内クリニックに行くのに搬送カプセルを使うしかない。

が、たいして進めなかった。

数秒走行したところで、搬送カプセル・システム用のエネルギー供給が麻痺したのだ。カプセルは内部貯蔵エネルギーを使って次の停止ポイントまで動き、開いた。それは、エネルギー供給が何日もとまった場合、停止ポイントから遠くで動かなくなったカプセルの利用者が弱りはてることを防ぐための保安対策である。

ローダンは降り、あたりを見まわす。

かれは搬送ベルト用の多数ある分岐ホールのひとつのなかに立っていた。どのベルトも動いていない。照明も落ちていた。暗く赤い非常用照明だけが微光を発している。

テラナーは振り向く。ささやくような声が聞こえたのだが、だれもいない。しかし、声はのこっている。ローダンはその声を知っているように思った。とはいえ、だれのものかたしかめるには、声はちいさすぎたし、異質だった。それでもかれは、それが、かれにとってなにか意味のある、ふつうの肉体的存在という意味では生きていない男女の声であることを予感した。

通常の照明がふたたびついたとき、ローダンは一瞬、ぎくりとした。プシ嵐のはじまる前には気にもしなかった、よく知っている船内の騒音が聞こえ、搬送カプセルのシグナル装置がぴーぴー音をたてるのがわかった。ふたたび使用可能になったということ。

ペリー・ローダンは、《バジス》がふたたび超光速飛行に入ったのだと推測する。そうすることを、かれは、妻のところに出かける前に、指示していないのだが。

ゆっくり搬送カプセルにもどる。しかし、まだ乗らずに、ゲシールの装置の周波に調整されているアームバンド・テレカムのスイッチを入れた。

数秒後、スクリーンが明るくなり……ゲシールの顔がうつった。

ローダンは、妻が元気そうにほほえみかけてきたのを見て安堵する。

「すべて、正常にもどったか？」と、たずねる。

「なにを正常というのかしら？」妻が訊きかえす。

「そんなことをいうとは！」ローダンは不機嫌に答える。「まったくおかしなおしゃべりをしたのはきみじゃないか、わたしではなく」かれはそこで、思いやりのないいい方だったと気づき、気まずそうに笑みを浮かべた。「悪かった、愛するゲシール！　しかし、心配したのだ。きみが新生児のようなしゃべり方と笑い方をしたから」

ゲシールは明るく笑う。

「あなた、そんなことを心配していたの？　わたしはちょっと練習しただけ。だって、近いうちに子供を持つわけだから。ついでにいうと、父親としてのあなたの記憶はたいしたものではないわね。でなければ、新生児はおしゃべりも笑うこともできないとわかるでしょうに」

「かなり昔のことだからな」と、ローダンはいう。「つまり、きみはほんとうにわたしをからかっただけなのか？」

「わたしは誘惑にあらがえなかったのよ、あなた」ゲシールは説明する。

テラナーは辛辣な返答が舌先まで出かかっていたが、それを口に出すのをおさえた。妊娠中の女は不安定なものだと、自分自身にいいきかせる。

ため息をつき、

「要は、きみが楽しんだということだ」と、答える。「ほんとうに、ぐあいはいいのだな？」

「もちろん」ゲシールは答える。「わたしを見舞う必要はないのよ。あなたにはいま、司令室で早急に対応しなければならないことがある。《バジス》がふたたび通常空間にもどったとき、小難を逃れて大難に出会わないともかぎらないわ」

「不吉なことをいわないでほしい」ローダンは答える。「しかし、きみのいうとおりだ。わたしは司令室にもどる。だが、わたしが必要なときには呼んでくれ。いいね」

「もちろんよ、あなた」と、ゲシールが答える。

「では、あとで！」ローダンはいい、接続を切る。

搬送カプセルに乗ると、〝逆搬送〟のスイッチを入れる。司令室に到着する前に、ハース・テン・ヴァルと短いテレカム会話をして、アラスに、予定外のときにも妻をみてくれるようたのむ。

司令室にもどると、全男女が自席にすわっていた。ラフサテル＝コロ＝ソスとクムラン＝フェイド＝ポグは司令コンソールのあるポデストに立っていて、ジェフリー・ワリンジャー、ラス・ツバイ、フェルマー・ロイドがすぐ近くにいる。イルトだけはどこにも見あたらない。

ウェイロン・ジャヴィアがローダンにうなずきかけ、

「タウレクとヴィシュナが連絡してきました」と、報告する。「タウレクの説明によれば、かれらは《シゼル》を格納庫に入れたと。両船が偶然にはなれたりしないように」

「いいことだ」ローダンは答える。「われわれ、またもやノクターンのごみ捨て場に着かなければいいのだが」

「ごみ捨て場？」クムランは、きょとんとしておうむがえしする。

「露領域のことだ」ラフサテルがかれの同胞に説明する。「わたしはペリーのユーモアをきみより知っている。それゆえ、かれがなにかべつのことをいっても、いっていることのたいていはわかる」

ローダンは笑みを浮かべ、

「いったいグッキーはどこにかくれているんだ？」と、たずねる。

「見当もつきません」と、ロイドがいう。「数分前にテレポーテーションしたのですが、みずからをブロックしたにちがいない。なんの思考インパルスも受けとれません」

「グッキーの身になにも起こっていなければいいのだが」と、ローダン。

「だいじょうぶです、サー」だれかが答える。その古風な話し方で、ハミラー・チューブだと確認するのはむずかしくなかった。

「なるほど！」と、ローダンは大声で、「きみには見えているのか？　グッキーはいまなにをやっているんだ？」

「それはご勘弁を、サー！」船載ポジトロニクスがとがめるように答える。「ところで、三十秒後に通常空間にもどります」

「がんばれ！」と、ミツェルはいい、指関節で自分の頭をこつこつとたたく。

ペリー・ローダンは自席に行き、すわる。

次の瞬間、《バジス》は通常空間に復帰し……すべての警報やサイレンが甲高く鳴りひびいた。一方、大全周スクリーンは、星々の大海を背景に、きらめく光や閃光をうつしている。遠征船はまるで、膨大なガラスの破片のなかに迷いこんだかのようだ。

「ノクターンだ！」クムランは叫ぶ。「われわれ、ノクターンの群れのまっただなかにいる！」

警報装置が鳴りやむ。

「危険発生！」と、ハミラー・チューブ。「防御バリアを作動させる許可をお願いします。ノクターンが《バジス》上方に落ちてきて、すべての五次元エネルギーを奪いとろうとしています」

「だが、われわれが防御バリアのスイッチを入れれば、ノクターンたちが死ぬことにならないか？」と、ローダンはたずねる。

「選択権はあなたにあります、サー」と、ポジトロニクス。「ノクターンか、あるいは船か。船にはあなたご自身もふくまれますが」

「だめだ！」と、ラフサテルは叫び、右手の把握鉤爪のなかのプラスティック・フォリオを振る。「多くのノクターンの命を奪えば、われわれ、ろ座にいるすべての群れから追われて殲滅される。ほら、ここに通過シンボルがある。それをノクターンに送信するのだ！」

「しかし、群れ段階のノクターンは知性を持たないはず」ツバイが反論する。

「かれらは本能的にシンボルに反応する」と、ラフサテル。「それが、かれらのなかのある種のプログラミングを呼びだすのだ」

ペリー・ローダンは立ちあがり、ラフサテルのところに行き、フォリオを受けとる。それから、それをハミラー・チューブの入力プレートの上に置いた。

短くぶんぶんという音がし、

「通過シンボルを放射しました」と、ポジトロニクスがいう。

「興味津々だ」と、ロイド。

大全周スクリーンにうつった光や閃光が変化しはじめる。まずは《バジス》の前にななめに伸びていき、直径百キロメートルほどの円板を形成し、数分後にはリングにかたちを変えた。そのプロセスはすみやかで、肉眼では追えないほどだった。

「トーラス、すなわちチューブ状の輪が形成されました。外枠チューブの直径は一キロメートル、内径は九十九キロメートルあります」と、ハミラー・チューブが説明する。

「美しい。でも、どういう意味だろう?」と、ミツェルがコメントする。

「リングが《バジス》の船首の前にまっすぐ立っていれば、通りぬけることをうながしているといえるだろうが」ラフサテルは声に出して考える。

「そういう意味にちがいない」ウェイロン・ジャヴィアがいう。「相手はわれわれがコースをリングの中心に垂直に向けることを期待しているのでは」

「それは、われわれにある方角を告げているということだろう」と、ローダンはいい、両ポルレイターのほうを向く。「通過シンボルは詳細にはなにを意味するのか? ろ座の賢者のポジションのヒントをあたえるものでもあるのか?」

「われわれポルレイターは通過シンボルの中身を知らない」と、クムランは答える。

「それらは非常に古いものだ。そのうえ、もっぱら本能に語りかけるシンボルは、概念的に考える知性体には理解することができない」

「ペリーのいうとおりかもしれませんね」と、ジャヴィアがいう。「許可をお願いします。コースをリングの中心に垂直に向け、超光速飛行をはじめたいと思います」

「メタグラヴ・ヴォーテックスをどのようにベクトリングする?」ワリンジャーが緊張してたずねる。

「ベクトリングなしで」と、船長は答える。「われわれにわかっているのは、飛行する方向だけで、距離は不明ですから」

「しかし、疑似ブラックホールをベクトリングしなければ、どこで実体にもどるというんだ!」と、レオ・デュルクは叫ぶ。

「ベクトリングはノクターンがやってくれると思いますが」と、ジャヴィアはいい、問いかけるようにローダンを見る。

「きみの思いどおりにやっていい」ローダンはきっぱりという。

「とんでもないところへ飛んでいく可能性があるのでは」ラフサテルが注意を喚起する。

「リスクをとらなければならないと思うがな」と、クムラン。

ウェイロン・ジャヴィアはもはやそうしたことにはわずらわされず、すでに操作をはじめている。《バジス》の飛行状態はすでに変わりはじめていた。最初はほとんど気づかないない程度だったが、どんどん加速していく。ついには遠征船の船首が〝ノクターン・リング〟の中心点に対して垂直になる。

まさにそこで、背後にあるろ座の星々が見えなくなった。疑似ブラックホールが生じたのだ。そこを通って《バジス》はハイパー空間に入ることになる。

だが、今回は設定する目標がない。

巨大船はますます加速しながら、大きく開いた奈落に向かって驀進(ばくしん)していく。船が奈落に到達する直前に、まわりで、不気味な銀色のリングがどぎつく光り輝いた。

そして、《バジス》は通りぬけた。

4

「ベテルギュースだ！」ラス・ツバイが声を発した。グリゴロフ層がはげしく明滅し、つづいて崩壊したあと、《バジス》が通常空間に復帰したときのこと。

ペリー・ローダンはなかば閉じた目で、大全周スクリーンのフロント・セクターの中心にうつしだされている赤色超巨星を見る。

それはオリオン座の主星であるかのように見えた。コンソールのデータ・スクリーンに表示された数値は、ベテルギュースのそれとの驚くべき一致をしめしている。ろ座にあるこの星もやはりスペクトル型M2に属し、大きさは地球の母星の四百倍ほど、明るさはほぼ八千倍だ。もちろん、その明るさが変わるのか、変わるとしたらどのように変わるのかは、長期にわたる測定としかるべき予測最終値算出によってようやく確認されることだが。

「われわれ、一万八千光年ほど進みました」ジャヴィアは事務的にいう。「銀河の中心からはまだ二百三十四光年はなれています」

「ハイパーインパルス！」と、デネイデ・ホルウィコワがいう。「左舷、三天文単位のところから」

「あの恒星はわれわれから二十五天文単位はなれています」ツバイがつけくわえる。

「不可解なハイパーインパルスなの？」サンドラ・ブゲアクリスがたずねる。

「いえ」と、デネイデは答える。「でも、そのうしろに一星系がかくれているわ。ハミラー、これによって、なにかわかることがある？」

「まだなにも」と、ポジトロニクス。「しかし、わたしはハイパーインパルスの発信源を集中探知し、そこにルナの大きさの一天体があるのを確認しました。おそらく赤色超巨星の惑星です。恒星から平均で二十九天文単位という距離をめぐっています」

「惑星！」フェルマー・ロイドは大声でいう。「ハミラー、それが赤色巨星の唯一の惑星かどうか確認してくれ！」

「いま、やっています、サー」ハミラー・チューブが答える。

背後でハッチが開く。

ローダンは振り向く。ヴィシュナとタウレクが司令室に入ってくるのが見える。両コスモクラートの頭のなかでなにが起こっているのかと、かれは自問した。きっと、無力感をいだいているにちがいない。なぜなら、かれらは人間や、ほかの下位ランクの知性体とコンタクトをとるために、四次元の存在形態という姿に〝ランクダウン〟していて、上位のn次元連続体でのみ真価を発揮できる超自然的な力や能力を、ほとんど失っているからだ。

しばしば以前そうしたように、テラナーは今回も自問する。コスモクラートがふだん存在しているn次元連続体がなんなのかを、自分がいつか知って理解することがあるのだろうか、と。そこでのかれらは、ランクダウンした状態ではけっして説明できない存在形態をしているのだが。

「四億五千万キロメートルほどはなれたところに、一知性体がいる」タウレクは、ヴィシュナとともに司令ポデストに到達したときにいう。

「四億五千万キロメートル？」デネイデがくりかえす。「それはほぼ三天単位、われわれがハイパーインパルスを受けている未知の天体までの距離に相当します。知性体の住む惑星かしら？」

「当該の知性体が単数であることに疑問を投げかけざるをえません」ハミラー・チューブが断りもなく言葉をさしはさむ。「これまで、ハイパーインパルスを放射する四百三十二の発信源が確認されています。暫定的な推論ですが、そこで多数の知的存在がハイパー通信で連絡をとりあっているということになります」

「一存在だけだ」タウレクは主張する。「《シゼル》の機器がそのことをしめしている」

「ひょっとしたら、だれかがひとり言をいっているのかも」

ツバイはちゃかしたが、その後よろめく。グッキーが予期せずすぐ隣りで実体化し、そのさいかれにぶつかったのだ。

「だれかが思考してる！」イルトが甲高い声でいう。「どこか外の宇宙空間で、未知の一知性体が集中して考えてるよ」

グッキーの視線が、赤い超巨星とルナほどの大きさの惑星の映像に落ちた。それは影のような存在で、恒星からは、太陽系の海王星くらいはなれたところにある。イルトはそこを手でさししめし、

「あそこだよ」と、すこしおちついてつけくわえる。「すごいや、ほんものの巨大化け物だ！」

「つまり、単独の知性体なのね」と、サンドラ・ブゲアクリスは確認する。

「ハイパーインパルスの確認ずみ発信源は、たったいま千をこえました」主ポジトロニクスが言葉をさしはさむ。「われわれの探知装置はほかにも発信源を確認中です」

「あの惑星にコンタクトすることを提案します」と、デネイデがいう。「グッキーが巨大化け物だといった存在が、まさにろ座の賢者ではないかと」

ペリー・ローダンはうなずき、ハミラー・チューブの入力プレートの上にまだのっている通過シンボルのフォリオをさししめした。

「相手にそれを送ってくれ、ハミラー！」と、ローダンはいう。「ろ座の賢者なら、す

くなくとも、われわれがなにを送ったかわかるだろう」

「もうその必要ではないでしょう、サー」と、ポジトロニクスが答える。「ろ座の賢者がたったいま、みずからわたしにコンタクトをとってきました」

「どのような言語をかれは使うのかな？」ミッツェルがたずねた。

タウレクは嘲弄的な笑みを浮かべる。

「ようこそ！」朗々たる、いくぶんおもしろがっているような声がインターコスモで響く。「申しわけないが、わたしはきみたちの主ポジトロニクスをトランスレーターとして使わせてもらっている。それが、きわめて異なる知性体間でのもっともかんたんな意思疎通の方法だからだ」

最初に気持ちをおちつかせたのは、ローダンだった……どうやら、このことを予期していて、それゆえに驚かなかった両コスモクラートをべつにすれば。

「けっこうでしょう」と、かれは答える。「つまり、あなたは〝ろ座の賢者〟と呼ばれている棒ノクターンですな」

「その名前は、コスモクラートの最初の全権代理たちがつけたものだ」と、ノクターンが説明する。

「ポルレイターではなく？」ワリンジャーが鋭く訊く。

「その問いには答えないでいただきたい！」と、ラフサテルがいう。

「わたしはそのつもりはない」ろ座の賢者が明言する。

「われわれが何者で、なにをするつもりなのか、かれは訊きませんね」レス・ツェロンがローダンのほうを向いて、「それがなにを意味するか、わかりますか、ペリー？」

「もちろん」ローダンは平然と答える。「かれはハミラー・チューブの知識を習得したのだ」

「データ泥棒ではないか！」レオ・デュルクは憤慨する。

「きみがかれの立場だったらどうしたかな？」ローダンは兵器主任のほうを向く。

「きみには実際的という天分がある」と、ノクターンがローダンにいう。「そのことはわれわれの協調を容易にするだろう。つまり、きみたちは、エデンIIへの道についてなにがしかを知りたくて、わたしのところにきた」

「そのとおり」と、ローダンはいう。「だが、それがすべてではありません。ここで〝それ〟の力の集合体における、おそらくもっとも古い知的存在についてもっと多くを知るすばらしい機会を持てるなら、われわれ、もちろん、それも役だてたい」

「かれがほんとうに唯一の存在だと考えているのですか、ペリー？」と、サンドラがたずねる。

「かれは、ふるまっているとおりの存在だと思う」ローダンはきっぱりという。

「すばらしい！」賢者が大声でいう。「わたしに共感してくれるのだな、ペリー・ローダン！　ちなみに、わたしは一生物ではあるが、ほぼ七十万の棒ノクターンからできている集合生物だ。それぞれの棒が、ある意味で自立して考えることができる。そのため、問題のあらゆる観点をあらゆる側面から徹底的に熟考し、出来ごとを徹底的に解明して最善の結果を見いだす可能性を、わたしにあたえてくれる」

「つまり、ひとり言をいっているわけだ」と、ツバイはいう。

しのび笑いが響く。〝それ〟の哄笑にも似ているが、ブラックユーモアを思わせるような言外の響きはない。

「そうともいえるだろう」と、賢者は認める。「きみたちテラナーはさわやかな本質的特徴を持っている。そのような訪問者がくるのがまれであるのは、残念なことだ」

「あんたは何歳だい？」グッキーが口を出し、一本牙をむきだす。「棒が杖がわりだと考えたら、ものすごく年よりだね」

こんどは、ろ座の賢者が大笑いしたので、ハミラー・チューブのフィールド・スピーカーがはじけそうになった。

「きみは、だれなのだ？」笑い終えると、かれはたずねた。

「いずれにせよ、テラナーじゃないよ」ネズミ＝ビーバーが自信満々にいう。

「せいぜい、えせテラナーといったところだ」ツバイが小声で言葉をさしはさむ。

「ま、どう見るかだね」と、グッキーが答える。「ぼかあ、イルトのグッキーだ。これ

いな
であんたの質問には答えたよ、夜の賢者。でも、ぼくの質問にはまだ答えてくれていないね」

「わたしは、テラ流にいえば、すくなくとも千四百万歳だ」ノクターンが明言する。

「いずれにせよ、それ以後に体験したり知覚したりしたことはすべて思いだせる。しかし、なぜきみたちはもっと近くにこないのだ？　わたしを恐れる必要はない」

　ローダンはちいさく笑う。

「なぜ、われわれをもっと近くに引きよせないのです？　あなたはハミラー・チューブを支配している。つまり、《バジス》を意のままにできるということ」

「いや」ノクターンが異議を唱える。「わたしはたしかにハミラー・チューブをトランスレーターとして使っているし、きみたちをよりよく理解できるよう、必要とする知識も読みとった。だが、きみたちの船をけっして操作したりはしない。正当防衛の場合はべつだが」

「理性的に聞こえますな」ローダンはコメントする。「では、われわれ、自力でもっと近づきましょう……あなたに、もしくは、あなたの世界に」

「わたしの世界は、きみたちの言語に翻訳すると〝夜の影〟と呼ばれる」と、賢者がいう。「それは恒星〝目の光〟の唯一の惑星だ。大気はないが、自転がきわめて速いため、きわだった温度差もない。その周回軌道に入ってくれ。その後、われわれ、話し合おう。

ちなみに、わたしがときどき発するハイパー通信メッセージのことは気にしなくていい。それは、パラ露の量が危険な限界に達しそうな露領域をめざす群れノクターンに向けたものだ。わたしがハイパー通信シンボルによって群れをコントロールすれば、かれらはほかの宙域に飛び、そこでパラ露を排出することができる。もちろん、ほかの棒ノクターンも同じ作業をしていて……かれらも、ときおりわたしに通信してくるのだ」

「なるほど」と、ローダンは答える。そして、ジャヴィアにうなずきかけ、《バジス》をもっと惑星に近づけるように伝えた。

*

〝夜の影〟に接近飛行するあいだ、もちろん、さらなる情報が交換された。そのなかでもとりわけ、群れノクターンについて《バジス》の男女は知ることができた。船を危険にさらしたあの群れは、ポルレイターが特別に暗号化した通過シンボルがきっかけとなり、プシオン性インパルスを手段としてメタグラヴ・ヴォーテックスをベクトリングし、それでもって超光速段階の長さと速度をプログラミングしたという。

しかし、この情報交換は《バジス》の宙航士たちにとって、もっとも魅力的なものではなかった。賢者が暮らしている惑星の光景のほうが、はるかに魅力的ということ。

それは月くらいの大きさで、大気はない。自転周期は二時間だ。砂利や粉塵(ふんじん)の地面はまったく平坦で、いたるところに黒い石英の塔がそびえている。それぞれの直径は百メートルほど、高さは二千メートルほど。そのような黒い塔がぜんぶで七十万あった。多くは非常に古いもので、宇宙線によって破壊され、骨格だけがのこっているか、あるいは堆積した山になっている。一方で、新しく、まだ造成中のように見えるものもある。ろ座の賢者がまだ発展段階の頂点に達していないのは、疑いない。かれはさらに成長しており、そのさい、さらに知識と知力を増大している。

かれは超越知性体になるための道に突き進んでいるのではないかと、ペリー・ローダンは真剣に熟考する。しかし、この話題を持ちだすことはしない。

「ろ座の賢者よ！」と、かれはいう。「あなたのいう話し合いですが、そろそろ〝袋から猫を出して〟もらえないでしょうか。エデンⅡへの道に関する知識と引き換えに、あなたはなにをもとめているのです？」もちろんかれは、テラのこの慣用句が〝ほんとうのことをいってほしい〟という意味になることを、ノクターンがハミラー・チューブを通じて知っている前提で話したのだ。

「たしかに、わたしは見返りをもとめている」と、賢者が答える。「われわれノクターンの主要問題は、パラ露だ。群れノクターンは、消化できない超高周波ハイパー放射をパラ露に変化させて排出する。それは半物質化したプシ物質からなり、透明な輝くしずくのかたちをしていて、飛行ルートの空隙に沿って集まり、露領域を形成している。

これが集まりすぎて危険な限度をこえると、プシオン性の連鎖反応のきっかけになり、はげしいプシ嵐へつながるのだ。最悪のプシ嵐は何日もつづき、数光年におよぶ宙域で荒れ狂う。その影響範囲にいる棒ノクターンが精神的混乱におちいり、永遠の狂気へと駆りたてられる恐れがある。

われわれ棒ノクターンはこの危険に対処すべく、ハイパー通信シンボルを介して群れを制御し、パラ露を均等に配分し、蓄積しすぎた露領域を避けようと試みている。しかし、それでは充分ではない。なぜなら、非常に多くの露領域が一定の時間間隔で危険な状態をこえるからだ。その結果、銀河の無数の場所でプシ嵐が起こり、棒ノクターンがいちじるしく混乱し、もはや介入してコントロールできなくなる。

それゆえ、われわれはこれまで、あらゆる可能性を用い、銀河外からきた宙航士たちによって危機的な露領域を処理してもらった。パラ露はある種の予防処置をきちんと守れば、きわめてかんたんに、宇宙船で搬出できるのだ。この処理はすこし前まで、きみたちが三角座銀河、あるいはM－33と呼ぶ銀河に住む一種族であるカルタン人がやっていた。かれらはほぼ定期的に遠征船でろ座にやってきていたが、突然、姿をあらわさなくなった」

「その理由はわかっているのですか？」ローダンは訊く。

「いや」と、賢者は主張する。「わたしは知らない……ほかの棒たちも知らない」

あるいは、と、ローダンは考える。あなたたちがそれをかくしているのかだ！

声に出してはこういう。

「つまり、われわれにカルタン人の代役をつとめてほしいと」

そのさい、いろいろな考えが駆けめぐった。〃プシ物質〃という言葉に、すでに耳をそばだてていたのだ。思考が速まる。ともかく、プシ物質はかれには未知ではない。それをかつてリバルド・コレッロが、少量だがつくったことがあった。テラがカピンの死の衛星によって脅かされたときのことだ。

当時、プシ物質はせいぜい十グラムしか製造できないといわれた。とはいえ、この少量が、千ギガトンの核融合爆弾の十億倍のエネルギー爆発をもたらす。

そのプシ物質が、ろ座に非常に大量にあり、ノクターンにとって、存在を脅かす問題になっているのだ！

ローダンはパラ露を武器として悪用するつもりはない。その反対で、許しがたい悪用を効果的に阻止する可能性を考えている。しかし、すでにかれは、パラ露のしずくがもたらすプシオン放射の助けで生まれるチャンスについても予感しはじめていた。

「まったく危険はない」と、賢者がいう。「パラ露は重力フィールドによって、牽引ビームを使うように比較的かんたんに集められ、強力なパラトロン・バリアのもと、なんなく貯蔵できる」

「なるほど」テラナーは答えながら、もう先のことを考えていた。宇宙ハンザが……たとえばストーカーが……技術的・科学的ノウハウの代償としてパラ露を提供することができるのではないか。「あなたがエデンIIへの道を見つける手助けをしてくれるのなら、われわれ、ろ座から旅立つ前に《バジス》で露領域のごみ問題を処理しましょう」

「話は決まった」賢者は奇妙な口調で宣言する。「で、きみはこれまでにエデンIIのポジションに関してなにを知っているのかね、ペリー・ローダン？」

ローダンは苦笑いし、

「たいしたことはなにも、ノクターン。〝それ〟がいったのは、エデンIIは人がそれを探すところに存在すること、すべての道はエデンIIにつづくこと、それだけです」と、これまでの乏しい知識を教える。

これに対して賢者がすぐに反応すると思ったのに、ノクターンはなにもいわない。五分が経過しても、まだ黙っているので、ローダンはいらいらしてくる。

「かれは思考をめぐらせています」と、デネイデが説明する。「何千ものハイパーインパルスが、石英の塔のあいだを行ったりきたりしている。いま、だんだんおさまってきました」

しばらくして、賢者はいう。

「〝それ〟の案内に関して、解釈の余地はひとつしかない」

「案内だって！」と、グッキーが声をひそめてあなどるようにいう。「それが案内だというなら、ぼかあ、いいのがれがなんなのか知りたいね！　まるで〝だれもが自分のなかにスタックを持っている〟といったエリック・ウェイデンバーンみたい」

「そういうことだ」ノクターンが説明する。「エデンIIは人がそれを探すところに見つかり、すべての道はエデンIIにつづくならば、力の集合体の精神的中心はあらゆるところに存在することになる。これはまさに、捜索者はみなエデンIIを自分のなかに持っていること、エデンIIの遍在を完全に意識すれば、その者は突然、目的地に到達することを意味する」

困惑した沈黙が《バジス》の司令室にひろがる。男女は疑わしげに冴えない顔で見つめ合う。全員がエデンIIのポジションの、せめて具体的なヒントを期待していたのだ。しかし、いま知ったことは、かれらの評価にしたがえば、無内容だった。

ローダンは軽く咳ばらいし、

「つまり、エデンIIを見つけるために、われわれ、宇宙船など必要としないと、あなたは考えているわけですか」と、賢者にたずねる。

「いや。そんなことは考えていない」賢者が驚いたように答える。「かたい天体からははなれた宇宙空間においてのみ、きみたちはエデンIIの遍在を意識するだろう。それゆえ、きみたちは《バジス》で捜索をつづけ、同時に自分たちの内面を探すのだ。やがて見つかるだろう！　きみたちの大いなる幸運を願っている！」

ハミラー・チューブの大コミュニケーション・スクリーンがちらちらし、それから主ポジトロニクスがふたたびいつもの声でいう。

「ろ座の賢者がわたしを解放してくれてよかった。つまり、あなたがたはふたたびわたしを自由に使えます、みなさま」

「どこへ行きましょう、ペリー？」ウェイロン・ジャヴィアが訊く。「ろ座にはもう、われわれを引きとめるものはなにもないと思いますが」

「われわれ、はたさなければならない義務がまだある」と、ローダンが答える。

「義務だって？」グッキーがちゃかす。「あのもうろくした老人が、たわごとをいっただけじゃんか……なのに、ぼくら、露領域のごみ処理をしなきゃなんないのかい？」

「わたしも失望している」ローダンも認める。「しかし、すこし思慮深くもなった。実際、〝それ〟と賢者はわれわれに同一の答えをあたえたのだ。わたしは、両知性体がわれわれをからかったとは思えない。〝それ〟の場合、ブラックユーモア的なおふざけの傾向もなくはないが、老ノクターンはまじめだったと思う。そうとも、わたしは、われわれが二度正しい答えを得たという前提から出発する……ただ、われわれの思考は固定観念にとらわれすぎていて、答えを理解できないのかもしれない。思うに、エリック・ウェイデンバーンがまだ生きていてここにいれば、われわれが理解できるように答えを解釈できただろうに」

かれはタウレクとヴィシュナのほうを向き、

「しかし、あなたがたも同じようにできるはずだろう……そう望めば。それとも、違うのか？」

「われわれはいま、きみたちと同じランクにいる」タウレクが答える。「どうして、われわれに、超越知性体の思考が理解できるというのか」

「ろ座の賢者は超越知性体ではないはず」ツバイが文句をつける。「それとも、そうなのですか？」

「いいえ。でも、かれの思考は超越知性体のそれにほとんど匹敵するわ」と、ヴィシュナがいう。

「では、打つ手なしか」ロイドが失望していう。「どうしますか、ペリー？」

「われわれ、取引を結んだのだ」と、ローダンは説明する。「相手が納入してきた品に対して、われわれが精神的に未熟すぎるためになにもできない場合、それを理由に、自分たちが結んだ契約を履行する義務から解放されるか？　どう思う、ハミラー？」

「わたしはあなたに完全に同意します、サー」ポジトロニクスは答える。「信用できる商取引および契約締結の相手としてのわれわれの名声が、危険にさらされます」

「そのうえ、われわれはパラ露を廃棄するのではなく、ストーカーに提供するのだ」ローダンはつけくわえる。「ウェイロン、われわれ、出かけるぞ！」

「承知しました、ペリー！」と、ジャヴィアが答える。

＊

ろ座の賢者がもう一度コンタクトしてきて、危険限界をこえそうな露領域の座標を伝えてきた。そのあと、《バジス》は超光速飛行に入った。

今回はきわめてきびしい保安対策が講じられた……露領域が予想より早く危険限界をこえ、《バジス》がプシ嵐に入りこんだ場合にそなえて。しかし、船が一時間半後に通常空間にもどったとき、すべてはしずかなままだった。どの装置もとまらなかったし、いかなる〝超自然的〟現象も観察されない。ただ、《バジス》と、大全周スクリーンの左舷セクターにある星々のあいだに、長いヴェールが横たわっていた。不気味なまでに生き生きとした印象をあたえる、きらきらと輝くヴェールだ。そのかたちは、地球から裸眼で見える、微光を発する天の川の帯を思い起こさせる。とはいえ、きらきらと輝くものが同種の現象ではないことは、どの観察者の目にも明らかだった。

「パラ露！」ラス・ツバイがほとんど敬虔（けいけん）な口調でささやいた。黒檀色の顔が興奮のあまり、汗でおおわれている。かれはグッキーとロイドを探しながら、「わたしは、このプシ物質に内なる類似性を感じる」と、いう。

「わたしもだ」ロイドが抑揚をつけずにいう。

「一度、両手を突っこんでみる！」イルトが夢中でいう。

「プシ物質がどれほど恐ろしい影響をおよぼすものであるのかを、忘れるな！」ペリー・ローダンは警告する。

「このプシ物質は、リバルドがつくったのとはくらべものにならないよ」と、グッキーがいう。「ぼかあ、それを感じる。両方ともプシ物質だけど、存在形態が違う」

「わたしもそれは感じる」と、ロイドがいう。「ニトログリセリンとダイナマイトくらいの違いがある。ニトロはちょっとした衝撃や温度の上昇でも爆発する……それにくらべたらダイナマイトなんて、そもそもうまいこと点火できたとしても、微光を発するくらいのものだ」

「それでも、両方ともきみを天国に送ることができるぞ」ローダンが警告する。「実験はするな！　すくなくとも、不可欠な保安対策なしには。しかし、まずはこれを安全な場所へうつしたい。すべてよしか、ウェイロン？」

船長は、パラ露の捕獲・収容をコントロールすることになっている乗員にうなずきかける。おもな作業はいつものようにハミラー・チューブが引き受けるだろう。そうでなければ不可能だ。

「すべてよし！」と、ジャヴィアは告げる。「はじめます！」

《バジス》はふたたび加速するが、亜光速にとどまる。一見、ゆったりと滑空しているようだが、実際には、音速のほぼ千倍で、パラ露でできたヴェールに平行に飛んでいる。目に見えない巨大なトロール網のような牽引フィールドの開口部が、音もなくパラ露ヴェールの上方を滑り、ガラスのような印象をあたえる半物質のプシ物質の塊りであるしずくを、その内部に捕らえる。

ローダンは用心のため、あらゆる突発的な出来ごとを考慮に入れていた。それゆえ、不測の事態にそなえ、ハミラー・チューブと捕獲要員と船長は、多様な介入装置をいつでも使える状態で持っている。最悪の場合、〝トロール網〟を切断し、《バジス》をパラトロン・バリアでつつまなくてはならない。

しかし、すべては円滑に推移した。この宙域の全パラ露が捕獲されたわけではないが、空っぽだった大格納庫のなかについに〝吸いこまれる〟。四方八方、隙間なくパラトロン・フィールドによって遮蔽（しゃへい）されたその量は、この露領域の負担をしばらくのあいだ減らすに充分だ。

ペリー・ローダンは、心配のため……そう口には出さなかったが……毛穴からにじみでた額の汗をぬぐう。パラトロン・フィールドは閉じられ、安定しているとの報告をジャヴィアから受けたとき、ようやく安堵の笑みを浮かべた。

「力を貸してくれた全員に感謝する」と、いう。「いまからは、心安らかに先に飛ぶことができる。われわれ、義務をはたし……ぶじにここをはなれられる」

だれかが笑った。

不死者は憤慨してあたりを見まわすが、そのように軽率な笑い方をする者の姿は見えない。それもそのはず、司令室にはかれひとりしかいなかった。

すぐさま、あらたに汗が噴きだす。自分がパラ露を見くびっていたことが明らかになったのだ。どうやら、なんらかの方法でプシオン性エネルギーがパラトロン・バリアを貫き、超自然的と思われる現象を生みだしているらしい。

狼狽しながら、制御コンソールの前のあいているシートをじろりと見る。スクリーンに多彩なデータやシンボルがうつっている。主ポジトロニクスの大コミュニケーション・スクリーンも作動していて、〝ハミラー〟をしめす、グリーンに輝く大きな〝H〟がうつしだされている。

「ハミラー？」ローダンはかすれた声でいう。

「ハミラー！」エコーが四方八方から反響する。一方、グリーンの〝H〟が拍動している。

「かれら全員がほんとうに消えるわけがない」ローダンはひとりごちる。「まやかしで巧みに信じこませているだけだ。この状態を終わらせるために、経験豊かな宙航士たちが、なにかするはず……だれかがわたしのいうことを聞いているにちがいない。ウェイロン？　サンドラ？　デネイデ？　ラス？　フェルマー？　グッキー？」

「冥界の死んだ被造物にかけて、いったい、なにが起こったのだ？」あまりによく知っている声がささやく。

　ローダンは振りかえる……ブルー族シ＝イトが見えると確信して。だが見えたのは、すくなくとも長さが四メートルある黒褐色の虫のグロテスクな〝顔〟だった。それが二メートルほどの高さのところから、赤い目でテラナーを見おろしていた。

「何者だ？」ローダンは、予感しているにもかかわらず、たずねる。

「わたしはシ＝イトのムウルト・ミミズ」虫が答える。「あのおろかなブルー族を見つける手助けをしてもらいたい。そうしたら、わたしはかれをたいらげるつもりだ。かれがどうしてもわたしを食べないのなら」

「失せてくれ！」ローダンはやりきれない気持ちで叫ぶ。「状況は深刻すぎて、そのようなばかげた話でちゃかすことはできない」

「いったい、なぜいけないのだ？」ムウルト・ミミズが訊くが、もはやテラナーの前に棒立ちになっておらず、淡褐色のどろりとした煮出し汁のなかにある、可動式プールのなかでばしゃばしゃやっている。

「すべてのブラックホールにかけて！」ローダンはうめく。

　虫は、いっそうはげしくばしゃばしゃし……少量の汁がローダンの袖に飛び散る。

「味をみてみろ！」巨大な虫がもとめる。「きみがかつて味わったなかでも、いちばんおいしいクリームソースだ」

「まったく危険はない」男の声がいう。しかし、ローダンの知らない声だ。「だれも入らなければ、だれも出てこない」

ローダンはほとんどあらがいがたい衝動にかられる。なんとか気をしずめ、数度深呼吸し、それから両手を伸ばし、手探りで進む。巨大なムウルト・ミミズも、クリームソースで満たされた巨大な缶も、もはや見えない。ローダンはそれをいい徴候とみなした。冷静さをたもてば、すべてが正常化すると確信する。

十五分後、この確信はもろくも崩れた。司令室を縦横に進んだにもかかわらず、なににもぶつからなかったのだ。

「無意味だ」かれはいい、両腕をおろす。

次の瞬間、まわりの光景が変わる。かれは、司令室ではなく、そこに隣接する大きなキャビンのひとつに立っていた……眼前には高さ四メートルの、銀色に微光をはなつ、ハミラー・チューブの操作制御盤がそびえていた。

「ハミラー！」ローダンは思わず口に出す。

しかし、反応があるとは思わない。かれはハミラー・チューブの光景を幻覚だと思い、キャビンから去ろうとしてすでに背を向けていた。

「はい、サー？」と、ポジトロニクスがいう。

ローダンは振り向く。

「ほんとうにきみなのか？」

「なぜ、ほんとうではないと思うのです、サー？」ポジトロニクスが友好的にたずねる。

「注意！　注意！」突然、ウェイロン・ジャヴィアの声がスピーカーから響く。「こちら、船長だ。すべての乗員に告ぐ。ペリー・ローダンの姿を見たら教えてほしい。かれは不可解なハイパー空間ジャンプのあいだに司令室から消え、まだ連絡がない」

「わたしが消えただと！」ローダンが憤慨して叫ぶ。「きみたちが消えたのだ！」

「あなたがいるのは司令室ではありません、サー」ハミラー・チューブは、かれに否定できない事実を思いださせる。

ローダンの憤慨はすぐにおさまった。

「ああ、消えたのはわたしだ」かれはフラストレーションをかかえながらも、声をあげる。「わたしが消えた一方、ほかの者は全員、自分たちの席にとどまっていた。なぜ、だれもわたしに答えなかったのだ？　そして、きみはどこにいたのだ、ハミラー？」

「とにかくおちついてください、サー」と、ポジトロニクス。「われわれは、すべてを解明するでしょう」

「ああ、もちろんだ」ローダンはしずかにいう。おちつきをとりもどしていたから。

「われわれは、すべてを解明するだろう。とりわけ、なぜ《バジス》がしかるべき装置なしにハイパー空間ジャンプを実行できたのかを」

5

ゲシールは船内インフォの映像と音声で、《バジス》がどのようにパラ露を捕獲し、船にとりこむのかを見ていた。

次の瞬間、彼女はどこかほかのところにいた。もはや肉体的には存在していなく、荒々しく入り乱れて旋回し、ときにはばらばらになって漂流しそうになる、あふれんばかりの思考と感情としてだけ存在していた。

ゲシールはどうしたらいいのかわからず……絶望する。自分の肉体的存在がなくなったとき、子供がどうなったのか、皆目わからなかったのだ。

〈なにも変わっていない！〉と、思考が生まれる。〈わたしは次元的に上位の連続体の構成要素になっただけよ〉

彼女はますます動揺した。なぜなら、まったくしゃべらなかったのにもかかわらず、思考が〝聞こえた〟のだ。まるで自分の意識がばらばらになり、すべてが独立して考えることができるみたいに。

〈そんなかんたんなことじゃないわ!〉と、考える……が、これもまた彼女の思考ではない。なぜなら、それを考えたのも、感じたのも、べつの意識断片だからだ。

この世のものではないハーモニーに満ちた音響がゲシールの思考と感情を満たし、彼女の意識の地平をひろげ、彼女の周囲と内面で振動を感じさせた。その振動は太古以来、宇宙空間を脈動させ、その核細胞である宇宙を拡張させたり収縮させたりする。観察者がいたとしたら、それらが早い連続であらわれ、ふたたび消えるかのような印象を持つだろう。

色彩が爆発し、猛烈な速度で宇宙のあいだにひろがり、絡み合い、絶え間なく振動するn次元ネットになり、そのなかに宇宙の振動が捕らえられ、協和がもたらされる。

ゲシールの思考と感情が爆発した。それらは時間のロスなく、突然n次元ネット全体に分散する。

そして、それらは知覚した。いつの時代にも宇宙全体に起こることを、起こったことを、起こるだろうことを。はかりしれないやさしさと幸福感が、すべての意識断片を同時に支配した。

この〝時間超越〟は、すこしのあいだしかつづかなかった。いずれにせよ、ゲシールの感覚にとっては。しかし、ふたたび肉体的に自分自身を見つけたとき、自分の感覚がまったく無意味であることもはっきりした。真実を〝ひと目見た〟とき、ほかのことはすべて無であると理解したから。

真実のなかに存在する者たちにとっては、ということ。

ふたたび四次元時空連続体の構成要素になり、《バジス》船内クリニックのベッドのなかでみずからを発見したあとでは、彼女はもはやそこには属していなかった。

しかし、はっきりと思いだす。より高い次元において一種の啓示を……彼女があとからヴィジョンと呼ぶなにかを……得たことを。

このヴィジョンのなかで、いかなる道がエデンIIへと通じているのかが、視覚的・感情的に明らかになった。

それは、宇宙を満たし、意のままにする、n次元ネットのなかに入っていく道だ。超越知性体の力の集合体の精神的中心は、次元的に上位の連続体以外のところになど、けっして存在しない……その連続体と融合する者だけが、そこに到達できるのだ。

ゲシールは、だれが自分にこの認識をもたらしたかも思いだす。〝それ〟やほかの超越知性体ではない。最初、その可能性を考えてみたのだが、やがて、〝それ〟が望んだのであるなら、もっとかんたんなやり方で知らせることができたはずだと理解する。

それはゲシール自身の存在の一部だった。彼女が上位次元連続体の構成要素になり、その意識が無数の部分に分割されたとき、彼女が自身のなかに持っている意識への精神的洞察が可能になった。

彼女の子供の意識だ。

彼女とペリーの子供の意識だ。

この密な精神的コンタクトが、エデンⅡへの道にいたるヴィジョンを彼女にしめすのに決定的な役割をはたした……つまり、ゲシールはまだ生まれていない子供の助けを得て、どうすれば自分や《バジス》のほかの男女がエデンⅡへ到達できるかの認識を得たことになる。

しかし、このことは、この情報がどこからか、なんらかの方法で彼女の子供の意識あるいは下意識に根づいたにちがいないことをも意味する。どのようにして情報が子供に行きついたのかは、謎でありつづけるだろう。通常の方法では、そのような情報の伝達は不可能だ。実際、それは遺伝的なやり方でしかありえない。

情報遺伝子によって？

ゲシールは身震いした。なぜなら、興奮状態にある彼女の意識は間違って、肉体的特徴を伝える遺伝子のことを考えたからだ。しかし、情報遺伝子というものはこれまで知られていない……それでも、宇宙のはじまり以来、存在するにちがいない。

それを所有する知性体は無数にいる。しかし、たいていの場合、宇宙の最大の秘密への認識を獲得するこの能力は、生涯、眠りつづけている。ただ例外的に、その能力が姿をあらわすことがある……たとえば外的影響によって。

たとえば、パラ露のプシオン性爆発によって！

突然、ゲシールは、パラ露による危険がまだ回避されていないのかもしれないと理解する。

多目的アームバンドのスイッチを入れ、夫を呼ぶ。

ペリーはすぐに出た。心配そうな表情を浮かべている。

「わたしならだいじょうぶ」ゲシールは、質問を制するために、急いでいう。「パラ露は役にたつけど、危険でもあるわ。すべてはどうなったの？」

夫は、彼女をおちつかせるようにほほえみかけ、

「もう危険はない、愛するゲシール」と、説明する。「ミュータントたちが確認したよ。プシオン性の諸現象、なかでも《バジス》の短い遷移につながった現象は、船にあるパラ露によってではなく、収容できなかったものによって引き起こされたのだ。われわれ、この間にふたたび超光速飛行に移行した。すでにろ座をはなれ、エデンII捜索をつづけているところだ」

「そのやり方では、エデンIIを見つけられない」と、ゲシールは答える。

夫の目が暗くなり、

「そうかもしれないな」と、認める。「しかし、せめてやってみなければ」

「まったくべつのことをやらなければならないのよ」彼女はきっぱりという。「わたし

たち全員がひとりの例外もなく、パラ露のしずくの助けでプシ力を獲得しなくてはならない。それにより集合精神を形成し、エデンⅡに集中するの。そうしてはじめて、わたしたちは、人工惑星が存在する上位次元レベルに達することができる」

夫は彼女を無言で見つめている。

「そういうことなのよ、ペリー」ゲシールは強く訴えるようにいう。「わたしたちにとって、ほかにエデンⅡへの道はないの」

夫はふたたび言葉を見つける。

「とても説得力がある。そのため、きみがその知識をどこから得たのか、質問するのが恐いな」と、ローダン。

「パラ露によって引き起こされたプシ現象と関係があるにちがいないわ」ゲシールは曖昧に答えた。いま夫にすべての真実を明らかにするのは、ためらわれる。「わたしはヴィジョンを得たの。そのさい、わたしの意識が、宇宙全体を縦横にはしっているプシオン性フィールドラインを見た……そのとき突然、わかったわ。これを経由して〝それ〟の精神的中心に到達できる、と」

「エデンⅡへの道！」夫は心を揺さぶられたようにささやく。「そうにちがいない。すぐにきみのところに行く、ゲシール。われわれ、すべてをゆっくり話そう。グッキーを連れていく」

「だめよ！」ゲシールの口から思わず漏れる。突然、自分の秘密をイルトがテレパシーで嗅ぎつけるかもしれないと恐れたのだ。

「なぜ、だめなのだ？」夫は不思議そうにたずねる。

「いえ、いいわ！」彼女は急いでいう。「グッキーを連れてきて！　プシオン性の現象に関係することだから、かれは専門家ね」

「最初はノーで、それからイエスか」夫がコメントする……しかし、言葉より表情のほうが、彼女の態度への疑問がより強く出ていた。それから、かれはものわかりよくほほえみ、「すぐ行く！」と、約束する。

ゲシールは自分のおなかにほほえみかけ、

「あなたのパパは、すばらしい人ね」と、ささやく。「まもなく、かれにわたしたちのちいさな秘密を教えることになる。でも、いまじゃないわ。そのことをちゃんとよろこぶには、かれはあまりに多くのことにわずらわされているから。グッキーはわたしたちのことを知るでしょう……でも、かくされている事情を嗅ぎつけても、告げ口したりしないはずよ」

愛と同意の波が自分の意識にみなぎるのを感じ、彼女は幸せそうにうなずく……

6

マグス・コヤニスカッツィはもどかしさを感じていた。

策をめぐらせて銀河間宇宙の一ポジションに集めたヴィールス船二十隻の全ヴィーロ宙航士を計画にしたがわせるのに、あまりに長くかかってしまった。

ようやく、この計画の実現にとりかかれる。

無意識に、あのリンゴ大のグリーンの水晶玉……プシクロトロンを右手で目の高さにあげた。テレパシー、テレキネシス、暗示、行動予知能力といった自分の超能力がまだ弱いため、これを使って強めるのだと、ヴィーロ宙航士たちに語ったもの。

メンタル的にきわめて集中することで、ヴィーロ宙航士の意識を融合させて一種の集合精神にしたいなら、この水晶玉は絶対に不可欠だった。集合精神の潜在性プシオン力がいちどきに解放されれば、上位次元レベルへのジャンプが可能になり、それによってエデンIIへの道を〝歩む〟ことができる。

だが、それだけではなかった。

ジャンプを成功させるには、ヴィーロ宙航士たちがかれをどこまでも信用しなければならない。そこで、かれの誘導はあからさまというより、むしろ、ひそかにおこなわれるものとなる。かれの存在を認識させてはならないのだ。さもなければ、かれはまったくひとりでエデンⅡへおもむくことができただろう。そこへの道は入り組んでおり、空間的な距離だけを意味しないことを、よく知っていたのだから。かれはそれを突きとめていた。瀕死のセト＝アポフィスが不倶戴天の敵〝それ〟に対し、最後の武器として〝死のインパルス〟を発したとき、より高いところから観察していたのだ。あらかじめプログラミング化された一連のインパルスがどこで放射状にひろがり、効果をあげたかを。

　しかし、これをプシカーとクラッバーで試みたさい、このやり方でエデンⅡの近くには行けても、完全に到達することはないとわかった……そのさい、カルタン人に輸送させたパラ露すべてをこの目的のために使ったにもかかわらず。

　いや、かれに必要なのは多数のヴィーロ宙航士なのだ。とりわけ、かれらの精神放射のなかにおのれの精神放射をまぎれこませ、相手になにも気づかせないまま〝それ〟のもとへ到着するために。さらにはプシクロトロンを用い、エデンⅡでヴィールス船二十隻をネガ・プシの渦に変えるつもりでいる。だから、かれらが必要なのだ。

　なぜなら、かれがより高いランクで実体化できるn次元連続体では、当然、意のままになる力や能力があるが、それはここ四次元時空連続体においては使えないから。残念ながら、より低いランクで実体化するよりほかに、気づかれずに〝それ〟に近づく道はない。

かれにとって、それは地獄であった。

しかし、ほかに選択の余地はない。秩序の勢力を相手にエレメントの十戒を勝たせようとするすべての試みが失敗し、最後にはカッツェンカットの犠牲も暗黒エレメント投入もむだに終わったあとでは。そのさい、カッツェンカットがほんとうに追跡者によって連れ去られたのかどうかさえ、明らかになっていない。

しかし、いま、そうしたことすべてはほとんどなんの意味もない。なぜなら、今回はかれ自身が決定的な一撃をくりだすのだから。

エレメントの支配者であり、ネガスフィアを支配するかれが……

＊

〈時がきました、ご主人！〉と、メンタル音声がささやく。

モジャは額にしわをよせ、考えをめぐらせる。この不可視の実体は、五日前から不規則な間隔でくりかえし連絡してくるのだが、なぜ自分を〝ご主人〟と呼ぶのか。

〈わたし自身わからないのです……いまはまだ！〉と、実体がかれに伝える。〈しかし、そのことは目下、さほど重要ではありません。不気味な存在がヴィールス船二十隻の全ヴィーロ宙航士をしっかり呪縛し、プシオン性諸力でかれらを鞭打ち、集中させようとしています。より高い次元レベルへのジャンプが目前に迫っているので〉

バス＝テトのイルナは不安げに動く。

モジャは彼女を見やる。考えるときも、声に出すときも、かれは彼女を相いかわらずバス＝テトのイルナと呼ぶ。それがほんとうの名前ではないにもかかわらず。

「超高周波ハイパー放射がヴィールス船二十隻のまわりにリングを構築しているわ」と、彼女はいう。

「構築している？」ノーマッドがたずねる。「超高速で放射されてるんじゃなくて？」

「この場合は、制御する諸力の作用によって蓄積されている」と、イルナは答える。「ある量に達すると、突然に放出されるのじゃないかしら」

〈それに先立ち、不可解に見えるいくつかの現象が生じるでしょう！〉メンタル音声がささやく。〈そのことで驚いてはいけません〉

「これ以上驚かされることはないよ」モジャは声に出す。「重要なのは、われわれもエデンIIへ行くということ。そうすれば、ペリー・ローダンがクロノフォシルを活性化するのを助けることができるだろう」

〈ほかの者たちがエデンIIに行けるのならば、あなたたちも行くことができます！〉モジャの意識のなかでメンタル音声が響く。〈ただ、例の不気味な存在はよからぬ計画をたてていて、ペリー・ローダンを助ける気がまったくないのではないかと思います〉

「不可視の者はなにをいってきたの、モジャ？」と、イルナがたずねる。「あなたはうろたえているようだけれど」

「そうなんだ」ノーマッドは答え、無意識にイルナの手を握る。「不可視の者がいうには、マグスはローダンを助けるつもりはまったくなく、よからぬ計画をたてていると。ローダンを守ってくれ、イルナ！　きみはサーレンゴルト人だ。ゼロ夢見者でもあるんじゃないか、きみの弟がかつてそうだった、あるいはいまでもそうであるように？」

「わたしは弟とは違うわ」カッツェンカットの姉が答える。「そうであれば、エレメントの支配者は疑いなくわたしを指揮エレメントに選んだでしょうから。でも、なにが問題でどんな勢力が関わっているのかわかったら、すぐにペリー・ローダンを守るべく試みるつもりよ」

〈それができる者がだれかいるとすれば、彼女です！〉メンタル音声が明言する。と同時に、モジャは自分の左側に動きを感じとり、顔を向けた。そこに置いてある道具袋を見る。それがちいさく膨らんでいるのを見つけると、イルナの手をはなし、袋に跳びついた。大急ぎでそれを開けて、手を突っこむ。

　こぶし大の卵状物体を持ったかれの手がふたたびあらわれる。卵の表面では、不思議な色彩が踊り、変化している。

n次元エネルギーの色彩の戯れ！　モジャは思いだす。

「それはなに？」バス＝テトのイルナがささやくように訊く。

「時の子供だ」モジャが答える。それから、かれは立ちすくみ、頭を振る。「いや、時の子供ではなく、シヴァだ！　どうして、わたしは時の子供と思ったのか？」

〈どちらも合っています！〉ふたたびメンタル音声が聞こえた。〈わたしの記憶にあったプシオン性の停滞がますます解消しはじめました。あなたはわたしを、しばらくのあいだシヴォアクとも呼んでいました、ギフィ・マローダー〉

ノーマッドは硬直し、それから目を閉じた。なぜなら〝ギフィ・マローダー〟という名前が、いままでかれのほんとうのアイデンティティの認識を妨げていた記憶遮断機の水門を開く決定的な働きをしたからだ。

かれはギフィ・マローダーという名で、モジャというあだ名を持つ……潜時艇が事故にあう以前は、ペルウェラ・グローヴ・ゴールのもとで働くアストラル漁師だった。そのあとは、故郷を探すノーマッドとなったが、ふたたび人生によりどころと使命をあたえる確固とした基準点を心のなかに見つけたいと渇望していた。

それゆえ、ペリー・ローダンを見つけようと試みたのだが、深淵に押し流されてしまい、そこでの身の毛もよだつような冒険ののち、アトランとバス＝テトのイルナに出会ったのだった。

しかし、その前に、まだなにかほかの出来ごとがあった。

マローダーは、この記憶が姿をあらわしたとき、深く息を吸いこんだ。

コスモクラートのヴィシュナとタウレクは、時の子供の思考がつくるプシオン性ネットのなかに捕らえられていた。時の子供はエレメントの支配者に真のアイデンティティを奪われ、両コスモクラートが脱出できない牢獄をつくることを強いられていたのだ。

その後、時の子供はみずからマローダーの同伴者となり、かれを主人として受け入れた。かれはその卵形物体にシヴォアクという名前をあたえた……カタラクのメンバーであるシヴァウクとナウヴォアクにちなんで。この両名は数百万年前、オン／ノーオン量子にまつわる恐ろしい事故のあと、三つの原始銀河における異常な進化を防ぐため、みずからを犠牲にしたのだった。

さらにのちになって、シヴォアクは〝シヴァ〟に縮められた。

しかし、シヴァもシヴォアクも時の子供もプシ卵のほんとうの名前ではない……ギフィ・マローダーやモジャがかれのほんとうの名前でないのと同様に。

だが、思いだそうとすればするほど、ほんとうの名前はまるで浮かんでこないのだ。

〈いつかきっとわかりますよ、ご主人！〉シヴァがかれに伝える。〈とはいえ、いまあなたはエデンⅡに集中すべきです……そして、イルナも同様に〉

〈エデンⅡに到達するのに、それで充分なのか？〉ノーマッドは考える。

〈もちろん違います！〉と、シヴァは答える。〈ですが、不気味な存在とヴィーロ宙航士がせきとめてつくったプシオン・エネルギーの大波までジャンプし、波にみずからをゆだねるには充分でしょう〉

「わかった」と、ギフィ・マローダーは答え、ふたたびカッツェンカットの姉のほうを向く。「われわれ、エデンⅡに集中しなければならない、イルナ！」

＊

ブルー族のシ＝イトは、この目的のために司令室の床からせりあがってきた、高さ三メートルのまるいポデストの上に立っていた。

興奮のあまり震えている。

荷が重すぎると感じるのだ。《バジス》の乗員たちの期待を実現することは、自分にはできないのではないか。しかし、グッキー、ラス・ツバイ、フェルマー・ロイドに説得されたのだった。ほんのすこし前に人工惑星に滞在していたシ＝イトは、集合精神がエデンⅡへ集中するのにさいし、もっとも重要な要素だからといわれて。

ひょっとしたら、そうかもしれない。

しかし、それは間違いだと判明するかもしれない。そのときは、エデンⅡは見つからず、そのためペリー・ローダンがクロノフォシルを活性化できないことを、みんなはかれのせいにするだろう。

それははっきりいって、運命とムウルト・ミミズに追われる、年老いて太ったブルー族にとってはきつすぎる……真実の白い被造物にかけて！

「パラ露を！」ペリー・ローダンが叫ぶ。

シ＝イトは不死者のほうを見、ローダンが文字どおり水を浴びたように汗をかいているのに気づいたとき、意地悪いよろこびを感じた。どう見てもテラナーのほうが興奮しているから。もちろん、ローダンにとってははるかに重要なことなのだ。かれは歴史的使命をはたさなければならない……失敗すれば、実際、かれのライフワークは水泡に帰してしまう。

ハッチが開く。

《バジス》の全サーボロボットが歩行し、浮遊し、回転しながら進んできた。トレイを運んでいるか、あるいは反重力プラットフォームを押している。そこには、ちいさなパラトロン・バリアのもと、ガラスのように見えるパラ露のしずくがのっていた。

司令室にいる男女はこわばる。かれらは全員、群れノクターンならびにパラ露やプシ嵐との関連で体験した、ぞっとするような諸現象をあまりにもよくおぼえていた。ブルー族の気分も似たようなものだ。

シ＝イトは、わずかにぎくりとした。かれの左足もとでぶくぶく音がして、あまりによく知っている声が話しかけてきたのだ。

「わたしを食べなさい、シ＝イト！　目前の試験に合格するために、あなたには力が必要です。その力をあたえるのに、わたしよりふさわしいものはありません。きわめて濃厚なクリームソースのなかの、やわらかなムウルト・ミミズですよ！」

シ＝イトは左足をあげ、缶を全力でぐいと踏みつけた。ムウルト・ミミズが拷問されたかのように悲痛な声を発したので、ひどく困惑し、コンビネーションをつまんで引っ張りあげる。数人の男女が非難に満ちた目をこちらに向けたとき、穴があったら入りたいと思った。

「動物保護団体を介入させよう！」だれかが怒って叫ぶ。「あわれな生物をあんなに痛めつけるなんて！　恥を知れ！」

「しずかにして！」ゲシールが叫ぶ。

ローダンの妻はみずからの希望で船内クリニックから退院していた。《バジス》が〝それ〟の力の集合体の精神的中心に入りこむとき、夫のもとにいたかったのだ。それにくわえ、自分には〝集合精神作戦〟に積極的に関与する義務があると感じていた。結局のところ、このアイデアを出したのは、だれもが知るとおり、彼女だからだ。

ペリー・ローダンが右手をあげた。いまや、まったく冷静で、確信に満ちている印象だ。もう汗はかいていない。

「もう一度いう！」かれは大声で、みなに聞こえるように全船放送を介して、「われわれ全員が手にパラ露のしずくを持っていることが重要だ。だが、エデンIIのことをすぐに考えようとはするな！　全員でいっせいにはじめたい。そのときには、精神的融合のテレパシーを送ることに全身全霊でとりくみ、それからエデンIIに集中するように！　シ＝イト、きみはこわばらないで、リラックスしていること！　きみの意識のなかに、エデンIIに到達するさいにわれわれの助けとなるなにかがふくまれていても、いなくてもだ。強制からはなにも生まれない」

「感謝します！」ブルー族は答える。

「むしろわたしに感謝すべきです。わたしの若い生命とやわらかい肉を、あなたに提供するというのですから！」ムウルト・ミミズが文句をいう。

「〝それ〟よ！」シ＝イトは苦しげに叫び、威嚇するようにこぶしを振る。「サディスティックな超越知性体よ！　あなたを捕らえ、頸を絞めて結び目を三つつくってやりたい。それからあなたの口に、ブリキ缶もろともクリームソースとムウルト・ミミズを突っこんでやる！」

だれかが笑う。

シ＝イトは威嚇するようにあたりを見まわす。しかし、司令室にいる者は全員まじめな顔をしているので、笑ったのはムウルト・ミミズでしかありえない。

「では！」ペリー・ローダンはいう。

ブルー族は気をとりなおす。

「はじめるよ！」グッキーが叫ぶ。

サーボロボットはかれらのボディにある、もしくは反重力プラットフォームにあるパラトロン・プロジェクターのスイッチを切った。突然、パラ露のしずくがむきだしになり、全男女が無意識に息をとめる。それから、かれらはそれぞれ〝自分の〟ロボットのところへ急ぎ、パラ露のしずくをひとつ手にとり、もといたところにもどる。支障なく、うまくいった。完璧なまでに練習したことだから。それが、たとえほんものでないパラ露のしずくを使う練習だったにしろ。

シ＝イトもパラ露のしずくをひとつとり、ポデストにもどる。かれはきらきらと輝くしずくを開いた左手に持ち、ブルー族のすべての神々や被造物に心のなかで呼びかけながら、それを不安げに観察する。

「みんな、準備できたね！」グッキーが叫び、決められた制御をテレパシーで実行する。

「集中！　はじめ！」

シ＝イトはパラ露のしずくを見つめ、目を閉じ、うっかり陽気な黒い被造物のことを考えた。おのれの誤りに気づき、驚愕のあまり作戦の第一段階を飛びこえてしまう。精神的融合のテレパシーを送るかわりに、すぐにエデンIIに意識を集中した。

思わず小声でうめく。自分がロケットのように発射され、色が爆発するカラフルな花火となって燃えつきる感覚に襲われたのだ。叫びたかったが、まったく声が出ない。そのかわりに、ムウルト・ミミズがぶつぶついう声と、とてつもない深みからくるように思われる叫び声が聞こえた。

無意識に目を見開く……そして、すぐにまた閉じようとする。そのほうが集中力が高まるといわれたから。

しかし、やめた。なぜなら、もはやほかのことを考えることができないほど、見たものに魅了されたのだ。

ろ座と銀河系のあいだの真っ暗な深淵を亜光速で飛んでいた《バジス》は、突然、横揺れするグリーンがかった光軌道のなかにいた。そのなかを、息もつけないような速度で宇宙の塵の黄金色の雲に沿って疾駆している。黄金色の雲の上でも下でも、色の海がたえず音もなく爆発していて、その色が、ダイヤモンドにまで圧縮された黒い矮星の表面にうつっている。

「プシオン・ラインだ！」だれかがうっとりして叫ぶ。「われわれ、超光速でプシオン・ラインに沿って飛んでいる……ヴィールス船のように！」

シ＝イトは理解する。

〃集合精神作戦〃の第一段階が成功裡に経過したのだ。ただ、すべては期待とはすこし違っていたが。参加者の意識が一種の上位意識に一体化するのではなく、パラ露のなかにあるエネルギーを爆発させ、それによって《バジス》を上位次元連続体へとうつす任務に寄与しただけだ。ヴィールス船はその連続体のなかを、プシオン性フィールドラインに沿って動くのである。

ブルー族は自分の左手を見る。もともとサクランボ大だったパラ露のしずくが、エンドウ豆の大きさに縮んでいた。つまり、プシ物質のほぼ半分がプシオン・エネルギーに転換され、使用されたのだ。

第二段階を成功させるのに、のこったプシ物質でたりるといいのだが！

シ＝イトは自分に向けられている視線に気づいた。みなの目標への集中が弱くなっているのを認識し、驚く。

「つづけるのだ！」かれは激昂してさえずる。「全力でエデンIIに集中！　気をゆるめるな！……さもなくば、陰険な青い被造物に連れていかれるぞ！」

うめき声が《バジス》の司令室に反響する。だが、シ＝イトには、それが人間、あるいは同じ進化段階にあるほかの知性体から発せられたとは思えなかった。むしろ、遠征船がうめいたかのように思われる。

かれは四つの目すべてをしっかり閉じて、こんどは正しく集中する。

天球の音楽が鳴りひびいた。

ブルー族は、妙(たえ)なる音楽に沈み吸いこまれるような感じがする。臆することなく、あらゆる感覚を使ってそれを意識し、共体験することだけを願った。

内なる強制に、目を開く。

《バジス》がいまもなおプシオン性フィールドラインに沿って動いているのがパノラマ・スクリーンに見える。しかし、今回は、銀河系のまわりをすごい速度で自転していた。一方では、むらさき色に輝くブラックホールがランの花のように開き、しぼみながら崩壊する。

すばらしく美しいが、恐怖をおぼえさせる光景だ。できるものなら、シ＝イトは遠くはなれていたかった。それでも冷静さを失わず、目を開けていながらも精神的集中を強める。

ふたたび、船にうめき声がはしる。

「持ちこたえてくれ！」シ＝イトは強くもとめる。「感じるのだ、エデンIIは近いと！」

四方八方から鞭打つようなグリーンの光軌道が《バジス》に突進し、光速の何百万倍かと思われる速度で上位次元的連続体を掘りかえし、フィールドラインと一体化し……融合した。

さらに、《バジス》とも融合する。

それらは《バジス》と、《バジス》はそれらと、ひとつになった。しかし、そうしたことすべては一瞬だった。やがて、遠征船ははてしなく銀色に輝く光の大海にいた。

シ＝イトの前に、ますます強くなるプロジェクションのように、半球惑星エデンⅡが浮かびあがる……

7

轟音がクリスタル球体にとどろいた。そのなかで、ギフィ・マローダーとバス＝テトのイルナは、いまかいまかと待っている。グルとヴィールス船二十隻のヴィーロ宙航士がせきとめたプシオン・エネルギーの大波に運ばれ、連れていかれるのを。

エデンIIに向かって。

ノーマッドとサーレンゴルト人は手に手をとり……ふたりの目の前にはプシ卵が浮遊している。その表面で戯れるn次元エネルギーの色彩は、この数分のあいだにますます強まっていた。それが感覚を混乱させる。

しかし、かなりはっきりしてきたこともあった。

記憶の断片がマローダーの意識を漂い、ときおり短時間のヴィジョンをかたちづくる。ヴァジェンダ王冠を抜けて逃げるアトラン、ジェン・サリク、テングリ・レトス＝テラクドシャンが見え、背後ではげしく攻めかかるグレイ軍団の大砲の轟音がする。かれの前にはヴァジェンダ中枢部が見えた。そこからヴァイタル・エネルギーの最後ののこりが光の地平に向けて、間欠泉のように噴きあがっている。

　ヴィジョンが消えた。

　そのすぐあとに、自分の姿が見えて、ギフィ・マローダーは身震いする。境界防塁をこえて光の地平へとつづく峠道で、アトランとバス＝テトのイルナとならんでいる。イルナがしゃべるのが聞こえる。サーレンゴルト人で、カッツェンカットの姉だという素性を明かしたのち、彼女は逃げだす。かれは……アトランにイルナを追わないよう懇願してから……彼女につづいたのだった。

　ふたりはそこらにうごめくグレイ領主の部隊のあいだをどうにか通りぬけ、ヴァジェンダ王冠の廃墟に到達できた。おそらく、そのさい、シヴァが決定的な助けをしたのだろう。それから、唯一まだ破壊されていないヴァイタル・エネルギー貯蔵庫にのぼり、二百の太陽の星に意識を集中し、非実体化した。

　だが、なにかがうまくいかなかった……かつてアストラル漁師が二百の太陽の星へ行こうとし、そのかわりに、気づいたら深淵のなかにいたときのように。

　どうやら、深淵には独特の法則があるらしい。

　そのせいでイルナとかれは、二百の太陽の星には行かず、宇宙空間のプシオン・ネットを疾駆したにちがいない。その後、ヴィールス船二十隻を捕らえたなにかに、同じく捕らえられたのだ。

不気味な存在がしかけた罠だろうか？

「六十二年ほど前、われわれはあなたを難破船から救いだした」と、女の声。「それ以来、あなたはわたしのもとで働いている。つまり、わが自由経済帝国のために」

だれの声だかわかったとき、マローダーはうめく。

ペルウェラ・グローヴ・ゴールの声だ。

かれはペルウェラとその母船《時間の花》への懐かしさでいっぱいになり、せきたてられるようにあたりを見た。自分にとって故郷であり安心のよすがだったものを、二度と発見できないのではないかという恐れをいだいて。

ところが、そこにペルウェラはいなく、イルナとプシ卵と、クリスタル球体だけがあった。それは燃えあがっているように見える。なぜなら、そこから発する大量の光が、ほかのすべての知覚を錯綜させるから。

いや、自分はそこにいるのではない。

しかし、ペルウェラが自分に話しかけてくることもありえなかった。すべては幻覚にすぎない。つまり、緊張とプシオン性の影響による産物だ。

〈いまです！〉シヴァのメンタル音声が叫ぶ。

ギフィ・マローダーはかれのすべての思考をエデンIIに向ける。見えない大波がクリスタル球体を持ちあげ、その頂点から、グリーンの光軌道の絡み合いがたえず動いているのが見えて、それが突然たがいに溶け合う。かれは無意識にはげしくあえいだ。

さらなる記憶が、強烈な光のように意識に浮かんだ。ギフィ・マローダーは自分の真の正体を認識し、プシ卵の背後にいかなる本質がかくれているのかを知った。

しかし、クリスタル球体がプシオン性フィールドラインと融合し、記憶が脳に定着する前にそれを一掃したとき、かれはすべてをふたたび忘れた。

とはいえ、この時点でノーマッドは、そのことに驚きはしなかった。ほかのことがかれの精神を完全に魅了したから。

半球惑星エデンIIが、n次元の銀色の光ゾーンから、眼前に浮かびあがったのだ……

＊

かれはやってのけた。

〝それ〟に発見されることなく、ヴィールス船二十隻のヴィーロ宙航士といっしょにエデンIIに到達することに成功したのだ。

超越知性体はまったくなにも知らない。それどころか、ほかのグループがエデンIIへの道を発見するのにどれくらいかかるか、楽しんで見ている。

ほかのグループとは、ペリー・ローダンが乗っている《バジス》のことだ。

《バジス》は、エレメントの支配者および〝かれの〟ヴィーロ宙航士たちと同時に、エデンⅡに到着した。それは、ほんとうにたんなる偶然だった。エレメントの支配者は《バジス》にもテラナーにも用はない。かれらのことなど気にならない。《シゼル》ともども《バジス》に乗りこんでいるタウレクとヴィシュナのことも、やはり気にならない。ふたりがひそかにエデンⅡへと忍びよったのは、どうやら、自分たちが〝それ〟の力の集合体の精神的中心において招かれざる客だと知っているからのようだが。

ひょっとしたら、超越知性体はかれらによって操作されることを恐れているのかもしれない。

もちろん、超越知性体はそれに対して身を守る手段を持っているし……低ランクの存在形態になっている両コスモクラートは、そのもっとも効果的な手段に対してなすすべもない。

無力化されたということ。

しかし、そのために〝それ〟が注意深さや集中力を費やしているあいだに、真の敵がかれの聖域に入るのに気づかないという結果をもたらすことになった。さもなければ、同様に〝それ〟はエレメントの支配者をも無力化できたはずだ。

いまとなっては、もう遅すぎる。

なぜなら、〝それ〟がとてつもない危険を認識したとき、ネガスフィアの支配者はすでに、もっとも有効な武器……プシクロトロンを投入していたのだ。

＊

不気味な笑い声が《バジス》の司令室を音響で満たしたように思われた。

ペリー・ローダンが惑わされなかったのは、〝それ〟がメンタル的に伝えてきたものだとわかったからにすぎない。かれは大全周スクリーンを仔細に観察する。そこに超越知性体が、いかなる現象形態であれ、うつっていることを望んだからではない。エデンⅡの光景に、あらがいがたく引きつけられたからだ。

《バジス》は半球惑星の切断面の中心、上方六十キロメートルほどのところに浮かんでいる。ちょうどそこにそびえる巨大な山の頂上の上方に。

超越知性体の大きな笑い声がやむ。

「かれら、いなくなったわ」ゲシールがいう。

「いなくなった？」ローダンがおうむがえしにいい、たずねるように妻を見つめる。

「ヴィシュナとタウレクよ」ゲシールが答える。

ペリー・ローダンは司令室を見まわすが、両コスモクラートの姿はどこにもない。

「しかし、雲散霧消することはないでしょう」ツバイはきっぱりという。

「きっと《シゼル》にもどったのでは」と、ロイド。

「ハミラー！」ローダンが呼ぶ。「ヴィシュナとタウレクは《シゼル》にもどったのか？」

「わかりません、サー」ポジトロニクスが答える。

「しかし、《シゼル》は《バジス》の格納庫にあるだろう」と、ウェイロン・ジャヴィアが言葉をさしはさむ。

「それが、どこにもありません」ハミラー・チューブが確認する。

「そんなこと、ありえない！」ミツェルが憤慨する。

ふたたび超越知性体の大きなメンタル性の笑い声が起こった。〝それ〟はおもしろがっているようだ。

「両コスモクラートが姿を消したのはあなたのせいですかな？」ローダンは大声で訊く
……〝それ〟がやったことだと考えて。

大きな笑い声が、かれの意識のなかでしだいに消えていく。

〈コスモクラートは全能だと考えていたのか、テラナー？〉と、思考のなかで響く。

〈かれらは全能ではない。きみたちのもとにとどまるのに使っている低ランクの存在形態においては、まったくそうではない。エデンIIを準備するために、わたしがなぜエルンスト・エラートを選んだのか、タウレクは知っている。それにもかかわらず、かれはわたしの力の集合体の精神的中心に忍びこもうと試みた。わたしは、かれに操作される

つもりはない〉

「ヴィシュナとタウレクを殺したのですか？」ローダンはぎょっとしてたずねる。

〈ふたりはわたしの敵ではない！〉と、かれの心のなかで響く。その場に居合わせているほかの者たちの顔から、かれら全員がこの会話をいっしょに聞いているとローダンは認識する。〈わたしは、かれらの滞在が拒否されることを心配しているだけだ。きみたちがエデンIIを去れば、かれらは、ふたたびあらわれるだろう。しかし、話はもういい。はじめるのだ、ペリー・ローダン！　いまこそ、最後のクロノフォシルを活性化し、フロストルービンの封印を最終的に解くときだ〉

「注意！」ハミラー・チューブが告げる。「われわれの探知機が、恣意的に編成された宇宙船二十隻の部隊をとらえました。それらはたったいま、プシオン・エネルギーの大波から、この連続体に押しだされてきました」

「いまの聞きましたか、〝それ〟？」ローダンは訊いた。

〈ああ、気づいていたとも！〉超越知性体のメンタル音声が答える。〈やはりエデンIIを探していたヴィーロ宙航士たちの船だ。しかし、かれらはあとまわしでいい。はじめてくれ！〉

「準備はできています」ローダンはきっぱりという。

沈黙がひろがり、《バジス》の司令室は輝く光に満たされた。内壁や大全周スクリーンさえ、透明なフォーム・エネルギーに変化するように思われる。その場にいる者はそれを通して、エデンIIを突然つつみこむ明るく光るオーラを見た。

「なぜ、ヴィーロ宙航士たちはエデンIIを発見できたのかしら？」と、ゲシール。

ローダンはその言葉で集中をさえぎられた。最初、そのことで腹がたったが、やがて妻がなにをいいたかったのかを理解し、煮えたぎる熱いものがからだをはしった。

ヴィールス船二十隻のヴィーロ宙航士たちがエデンIIを発見するのを可能にできる者とは、だれだ？

エデンIIをとりまき、司令室を明るくしていた光が消えた。暗くなり、氷のように冷たくなる。暗闇のきわめて深いところから、勝ち誇った叫び声があがった。

《バジス》の外でなにが起こっているのか、ペリー・ローダンには見えていない。それにもかかわらず、エデンIIがエレメントの支配者によって攻撃されたとわかった。〝それ〟が疑いを持つのが遅すぎたことも。超越知性体はクロノフォシル活性化のことしか考えていなかったのだ。

テラナーはなにかしようとしたが、氷のように冷たい波とともに、抵抗できない麻痺がからだにひろがっていくのを感じた。

すべては失われた！　それが、最後にローダンがはっきりいだいた思考だった。

8

〈かれです！〉シヴァのメンタル音声が、ギフィ・マローダーの意識のなかで鋭く叫ぶ。〈エレメントの支配者！　グルをよそおってヴィールス船二十隻を集め、ヴィーロ宙航士の信頼を手に入れたのです。かれらのあいだにかくれ、発見されることなく〝それ〟の力の集合体の精神的中心にくることができました。エデンⅡを潰滅させ、超越知性体を抹殺する気でしょう〉

マローダーは、氷のように冷たい想像上の手で心臓をつかまれたように感じ……なかば息が詰まったようなイルナの悲鳴を聞いた。

かれはクリスタル球体を通して、ヴィールス船二十隻とエデンⅡの半球惑星を見た。それはいま、明るく輝くオーラにつつみこまれはじめている。

その左側に、オーラの反照を浴びる、並はずれて巨大な宇宙船が見えた。

ノーマッドは、母船にまれにとどく報告でしか《バジス》を知らない。しかし、その宇宙船を見たとき、すぐにそれが《バジス》であるとわかった。

「ペリー・ローダンが乗っている！」と、かれはつぶやく。

エデンⅡのまわりのオーラが消え、闇が半球惑星をつつんだ。

マローダーは愕然とする。

〈ネガスフィアの支配者の攻撃です！〉プシ卵が伝える。〈かれがプシクロトロンの助けで、ヴィールス船二十隻をネガ・プシの渦状フィールドに変えてしまいました。そのせいで〝それ〟の多重意識存在は不安定にされるでしょう。すでにそうなったかもしれません。いかなる抵抗も確認できないので〉

「しかし、それに対して《バジス》はなにもできないのか？」マローダーが大声でいう。

〈通常の生物はすべて、ネガ・プシのショックによって麻痺させられるのです！〉と、シヴァが説明する。〈〝それ〟には抵抗手段がありません。エデンⅡのいたるところで個々の意識が実体化し、なすすべなく二十のネガ・プシに引きよせられています。そのなかに入れば、かれらは破滅するでしょう。なぜなら、ネガスフィアに入りこむことになるから〉

「しかし、通常の生物が麻痺させられるのに、なぜイルナとわたしはそうならない？」と、マローダーはたずねる。

〈まだわたしが守れているからです！〉と、シヴァが答える。〈しかし、もう長くはもちません。なんとか、あなたたちを安全なところに連れていくことはできますが〉

「いや、だめだ！」ノーマッドははげしく答える。「われわれ、ペリー・ローダンを助けなければならない！　イルナ、ペリー・ローダンを守るといったな！」

　かれは、イルナを探してあたりを見まわし……サーレンゴルト人がクリスタル球体の内壁にからだをもたせかけて、目を閉じていることに気づいた。

「眠っている！」と、かれはつぶやく。「ゼロ夢をみているのか？」

〈ええ！〉メンタル音声がかれの意識のなかでささやく。イルナの声だ！

　あらたな希望がかれのなかで芽生える。

「きみはローダンを助けることができるのだろうか」と、かれはつぶやく。

〈わたしじゃないわ！〉メンタル音声がいう。〈子供よ！　わたしは夢のなかに入っていく……〉声はますます弱くなり、イルナの顔にほほえみが浮かぶ。彼女はなにかいったが、非常にちいさな声だったので、マローダーには聞きとれなかった。

「子供とはなんのことだ、シヴァ？」マローダーが興奮してたずねる。

〈それは秘密です、ご主人！〉と、シヴァが答える。〈イルナはゼロ夢のなかにいる。われわれは彼女のからだをゆだねるしかありません。彼女が目ざめ、われわれが逃げなければならなくなるまでに、あなたはエデンIIで実体化する個々の意識をひとつふたつ救うことができるはず。かれらが完全に実体化したなら、いっしょに連れていきましょう〉

「よし、そうしよう！」ギフィ・マローダーが感激して叫ぶ。「われわれ、ダライモク・ロルヴィクとタッチャー・ア・ハイヌを救うべく試みなければならない！　かれらに関して、わたしは真に身の毛もよだつ話を聞いたことがあるのだが」

〈たしかに！〉プシ卵が答える。〈でも、エデンIIにひろがるカオスのなかで特定のふたりを見つけるのは、容易ではありません。勇敢であれ、ご主人。わたしは、いまから地獄のまっただなかに突入します〉

「わかった！」と、ノーマッドはつぶやく。

＊

ゲシールはぎょっとして、夫や《バジス》の司令室にいる人たちを見る。死んだようにシートにうずくまっているか、床に横たわっていた。数秒前にそこで倒れたのだ。

なにが起きたのか、これからなにが起きるのか、徐々にわかってきた。

なぜヴィーロ宙航士はエデンIIを発見できたのかと、夫にたずねたとき、彼女はまだエレメントの支配者のことは考えていなかった。しかし、クロノフォシルの活性化が突然に中断し、光学的な随伴現象が消えてまわりの男女がくずおれたとき、このことすべてがだれのせいで起きたのかわかった。

さらに彼女は、もはや〝それ〟もエレメントの支配者にこれといった抵抗ができないのだということを理解する。〝それ〟は狡猾な陰謀に完全に不意打ちされたのだ。〝それ〟は滅び去るだろう。

エデンⅡは消滅するだろう。

混沌の勢力が勝利をおさめるのだ。

〈違う！〉なにかが、彼女のなかでつぶやく。〈あなたがいるじゃないの。プシ・ショックはあなたにはまったく作用していない。あなたが戦わなければならない！〉

ゲシールはびっくりし、同時に希望に満ちあふれて耳をかたむける。びっくりしたのは、この〝内なる声〟が子供のメンタル告知だと、自分で予感していたからだ。これほど完全なものいいは、けっしてふつうの胎児によって実現できるものではない。そして、希望に満ちあふれたのは、声がいったことのとおりだったからだ。

プシ・ショックは彼女には作用していない。

エレメントの支配者に対する戦いは、自分がはじめなければならないのだ。ゲシールには、自分が勝つというたしかな見込みがあった。なぜなら、第一に、エレメントの支配者は、プシ・ショックに対して免疫のある者が《バジス》にいると知らない。第二に、数歩はなれたところに。エレメントの支配者を制圧するために設計され、つくられた武器がある。

ポルレイターのデヴォレーターが！

ゲシールはゆっくり立ちあがり、司令室の床で麻痺した両ポルレイターのあいだにある、槍状の道具に歩みよった。それを慎重に持ちあげる。

彼女はデヴォレーターに関するすべてを知っていた。クリニックのベッドで、これに関するあらゆる情報をくりかえし呼びだしていたから。

まるで、自分にこれが必要になることを予感していたみたいに！

彼女はよろめくが、バランスをとりもどす。

子供のことが心配だ。わたしはことをやりとげる前に、心配のせいでだめになるだろう。まだ生まれていない子供がこんなにうまく気持ちを表現できるなんて、けっしてふつうじゃない。

〈子供ではないわ〉なにかが彼女のなかでつぶやく。〈子供はけっしてそんなにうまく気持ちを表現できない。非凡な才能があったとしても、そのほかはまったくふつうに成長している胎児なのだから。わたしがこの子を媒体として使い、自分の夢の内容をあなたに伝えているの〉

ゲシールは安堵の吐息をつく。

知ったことに関するよろこびで、数秒間、喉を絞めつけられた。それから好奇心が湧いてきた。

「あなたはだれ？」彼女はしわがれた声でたずねる。

〈夢見者よ！〉自分のなかから声がする。〈それ以上は教えられない。教えれば、あなたはわたしを友とみなさないでしょう。たぶん、わたしたちはいつかまた出会う。それまで、さようなら！　わたしは行くわ。やれることはやったのだから〉

「さようなら！」ゲシールがつぶやく。

彼女は姿勢を正した。

かぎりなく安堵し、おなかに向かってほほえみかける。

あなたはわが子、ほかのどの子とも同じ！　そう考えた。どれほど並みはずれた才能があるにしても、それは変わらない。あなたはペリーとわたしの子供よ。

彼女はデヴォレーターをしっかりつかみ、決然として、主ハッチへと向かう。

「わたしはあなたに対抗すべきものを持っている、ネガスフィアの支配者！」

きびしい戦いになるだろう。時間との競争になることも知っている。それでも、ゲシールはたんに戦いを決意したというだけではなく、まさに夢中になっていた。なぜなら、なんのために戦うのか知っていたから。

最後のクロノフォシル

マリアンネ・シドウ

1

かれはとうとう、ここエデンIIに立っている。これまで重ねてきたあらゆる努力の先にある目標に、かつてないほどまでに近づいた。かれとは、エレメントの支配者。

かれはグルのマグス・コヤニスカッツィのマスクをつけて、全員を不意打ちした。銀河系の宙航士たちやテラナーのペリー・ローダン……そして、なかでもかれにとってはしゃくの種である超越知性体〝それ〟を。

だが、〝それ〟はもう危険ではない。ヴィールス船二十隻はネガ・プシに変わった。渦状のプシオン・フィールドから放出されたショック作用が宙航士たちを麻痺させ、さらには〝それ〟をも無力化した。このショック作用の結果、超越知性体は精神的および肉体的に自己放棄せざるをえなくなり、コンセプトたちを解放するほかなかった。かれらはエデンIIのいたるところに大挙して出現し、惑星平面の縁に向かってひたすら進んでいる。だれひとりとしておのれの運命から逃れられないだろう。

　エレメントの支配者はそのことを知っている。戦いに勝利したのだ。もはやかれに立ち向かえる者はいない。あと、やらなければならないのはただ、超越知性体の核となる意識を見つけることだけだが、これはどうということもないだろう。そのあとは……

　リンゴ大のグリーンの水晶玉をちらりと見て、白いローブのポケットに入れる。きっとかんたんに、迅速にやれるだろう。長い時間をかけた準備のあとでは、迅速すぎるし、かんたんすぎるといっていいくらいだ。

　かれは、時間をかけて記憶をたぐるという贅沢を自分に許した。まさに、そうするのに適切な瞬間だと考える……そしてまた、適切な場所だと。

　現実にも、比喩的にも、かれはいま頂点にいた。おのれの力の頂点にたどりついたのだ……ただし、〝それ〟にとどめを刺してからだが。まあ、それは実際には形式にすぎない。そうするのにまだすこし待つゆとりがある。そして、いまかれはほんとうに頂点にいた。エデンⅡの中心近くにある巨大な山の頂上に。

　足もとのずっと下のほうでぶあつい雲が大地をおおい、立っているこの頂きだけがそこから突きでている。

　エレメントの支配者にとって、これは比喩のように思えた。

　岩塊によりかかり、来し方を思いだす。

蛮人の時代……

およそ一億年前、カーン銀河にあって七惑星を持つ恒星アウペルティアの第二惑星アウペルトに、ヒューマノイド種族ヴ・アウペルティアが出現した。進化の初期段階では、理性よりむしろ本能に導かれた野性的かつ闘争的な種族だった。しかし、原始的文明を確立したこの猛々しい蛮人は、数千年後には科学的・技術的レベルに到達し、かれらの星系の他惑星へと航行し、遺伝物質に介入するまでになる。

こうして新時代がはじまった。

征服者の時代である。

遺伝子変更と操作がヴ・アウペルティア種族を変えた。かれらは異惑星に入植し、環境に適応していく。ここでの歴史はそれまで同様に好戦的だった。なぜなら、入植した諸惑星の多くにはすでに居住種族がいたから。かれらは非ヒューマノイドに対してだけでなく、自分たち自身に非常に似ている種族に対しても好戦的だった。征服者の時代が終わったとき、ヴ・アウペルティア種族はカーン銀河を完全に征服していた。

それにつづくのは、科学の時代だ。

文化的隆盛期が数万年間つづいたが、他星間帝国との戦争もまたしかり。隣接銀河は制圧され、植民地化した。ヴ・アウペルティア種族は本能の退化という代価を支払って、知性を人工的に高めていく。惑星アウペルトに居住しつづけた〝真性〟ヴ・アウペルティアと異惑星に適応した子孫とのあいだには、深刻な相違点が生まれた。この時代は停滞と衰退へと向かうことになる。

そして、第一の沈黙の時代がはじまった。

ヴ・アウペルティア種族の子孫にとって、始祖の地である惑星アウペルトは忘却の彼方にあった。自発的に孤立した真性ヴ・アウペルティアとの関わりがなければ、思いだすことはない。子孫が宇宙のいたるところでたえずあらたな入植地を確立し、新しい環境に適応するあいだ、真性ヴ・アウペルティアの関心は、形而上学的・哲学的テーマにかたむいていく。

向上する知性と卓越した技術は、かれらを沈黙の時代から放浪の時代へと導いた。その時代、ヴ・アウペルティア種族は始祖の惑星を永遠に去り、空飛ぶ都市で宇宙空間を縦横に旅した。かれらは、もはや肉体の活動が不必要となるまでに技術補助手段を完成させた。その結果、肉体的発達を犠牲にしてまで遺伝子的に介入することで、自身の知性を極度に向上させる。知性のみならず、ほかの精神的能力も成長し、あらたなプシオン世界を見いだすことになる。知識をもとめる心がかれらを広大な宇宙へと駆りたてた。旅の途上でかれらはしばしば、子孫が建立した文明と星間帝国を発見した。かれらはその多くに影響をあたえ、そこの発展に介入したが、自分たち自身はさらに先へ先へと進んでいった。どこにもおちつくことはなかった。

それは何百万年もつづいた偉大な時代で、エレメントの支配者はその時代を思いだすのが好きだった……たとえば、蛮人の時代を思いだすよりずっといい。

エデンⅡの問題は解決された。超越知性体〝それ〟を最終的に破滅させるのはもうすこし待ってもいい。ネガ・プシが効果を発揮すればするほど、〝それ〟は弱体化するのだから。

エレメントの支配者には時間がある。

かれは渦巻く雲海を見おろし、とっくに過ぎ去った日々に思いをめぐらす。宇宙の構造と意味についての知識をもとめて、宇宙空間を縦横に旅した巨大都市の情景に……

2

ゲシールは、ためらいがちに、ほとんどうやうやしいまでのしぐさで、エデンⅡの大地に足を踏み入れた。

四方へ延々とひろがっているように見える、グレイの平原に足をおろす。植物はなく、動物もいない。動きのあるものはなにもなく、岩塊や丘でさえここの風景の単調さを妨げることがない。光はグレイでどんよりしている。遠くのほうに、巨大都市の輪郭が見えるような気がした。かすんでぼやけているが。

彼女がそっちに向かって歩きだそうとしたとき、眼前にどこからともなく人の姿らしきものがあらわれた。まちがいなく人間と思われるが、幽霊みたいに青白くて半透明だ。

「だれなの？」ゲシールは訊いた。「〝それ〟にいわれて、ここにきたの？」

そうだったらいいのにと思った。助けてもらう必要があったから。ゲシールはインパルス・アクティヴェーターを持っていた。黒い金属でつくられた長さ二メートルほどの槍で、むらさき色の光をはなつセクスタゴニウムでできた、指の長さの槍先をそなえている。ポルレイターの〝デヴォリューション・コンポーネント兵器〟の一部だ。これでエレメントの支配者を葬り去れる……すべてがうまくいき、ポルレイターが見込み違いをしていなければだが。しかし、アクティヴェーターを使用するには、まずどこに行けばエレメントの支配者を見つけられるかを知らなければならない。おそらく、じっくりと考えなければならない問題がほかにもいくつかあるのだが、むしろいまはいっさい考えたくなかった。

相手の半透明の顔のなかで、かろうじてそれとわかる口が動いた。

「助けてくれ！」見知らぬその人物の声があまりにちいさかったので、あたりが死んだようにしずまりかえっているにもかかわらず、ゲシールは最大限の努力をはらってようやく聞きとることができた。

彼女は失望をぐっとこらえ、自分にいいきかせる。こうなることを知っておくべきだった。ショック・インパルスをともなうネガ・プシは、《バジス》乗員や、明らかにコンセプトは〝それ〟の一部だから、やはりネガ・プシの影響を受けているのだ。

〝それ〟のことをも麻痺させた。ここにいる半実体存在はまちがいなくコンセプトだ。ゲシールの身の内に、コンセプトに背を向けて、エレメントの支配者を探すというここへきた目的を遂げようとする衝動が生じた。しかし、その衝動をおさえこむ。このコンセプトが〝それ〟の意を携えた使命を持っているという考えをまだ排除できないでいたから……それをべつにしても、この姿に同情をおぼえずにはいられなかった。

「よろこんで助けますとも」と、ゲシールはいう。「なにをしたらいいのかしら」

ゲシールは話している最中にも、自分の内側に怒りといらだちの衝動が生じるのを感じたが、じっと立ったまま待った。

「なにかがわたしをあそこへ引きよせるんだ」コンセプトが嘆くようにささやき、どうにか見える右手で、地平線のもっとも靄にもやおおわれた個所をさししめした。「なにかわからないけれど恐ろしいものが、わたしを〝それ〟から、そしてエデンⅡから、遠ざけようとしている。わたしはあれに吸いこまれてしまうだろう」

「あれはネガ・プシよ」と、ゲシールが、「渦状のプシオン・フィールド。それが二十あって、エデンⅡの周囲にリングを形成しているの」

「〝それ〟を滅ぼすためか」コンセプトが推測する。「そして、われわれのことも」

「そうよ」

「だが、わたしはネガ・プシに吸いこまれたくない！」

「だったら、行かないことよ。戦いましょう！」

「やってみる」コンセプトがささやく。「でも、あれに引きよせられる」

「やってみなきゃ……」と、ゲシールはいいはじめたが、不意に口をつぐんだ。コンセプトがくるりと背を向け、大きく跳躍しながら地平線に向かって走りだしたのだ。半透明だった姿がだんだんはっきり見えるようになってきた。

「あなたは戦わなきゃいけないのよ！」できるかぎりの大声で叫んだ。「もどってらっしゃい！」

コンセプトはゲシールのいうことが聞こえていないようだ。とんでもない速さで走っている。だが、ことさら努力をしているようには見えない。目を皿のようにして見ると、大地に触れてさえいないようだ。とても大きく軽々とジャンプしているので、ゲシールは思わず着用しているセランの計器をチェックした。重力に変化はない。視線をもう一度あげてみると、コンセプトはごくちいさな点になり、ぴょんぴょんはねながら平原を横切って遠ざかっていく。

ゲシールは立ちどまったまま、自分の内にいる〝他者の声〟に耳をすませる。満足の衝動を感じ、それにショックをおぼえた。

「けっしてそのように考えてはいけないわ」と、声に出していう。「わたしに使命があるのはたしかだし、そもそも、危急のときに個々のコンセプトの窮地に関わっていられないということもわかっている。でも、あの人はとても困った状況にあったのよ。すくなくとも、助けようと試みなければならなかった！」

答えはない。だが、満足にかわって恐怖と罪悪感のようなものが生じた。

「とはいえ、やりすぎてはいけないけど」おさえた声でいう。

罪悪感はのこったままだ。

「あなたがそう思うなら、ひょっとするとこれでよかったのかもしれないわね」と、考えこみながらいう。

平原をじっと見つめたまま、ゆっくりとまわれ右をする。あっちにもこっちにも、コンセプトが大勢いることを認識した。しだいに実体化しながら、直近のネガ・プシへと移動していく。だれひとりとしてゲシールに近づこうとはせず、すくなくとも注意を向けようとすらしない。

「どう見ても〝それ〟の使者ではないわ」と、つぶやく。「そもそも〝それ〟が使者を送りだせる状況にあるのか……」

背後で物音がしたので、振りかえる。完全に実体化したコンセプトがものすごい速度で走っていた。石ころだらけの平原を滑るように移動していたが、どうにか減速し、「都市に行きなさい！」と、ゲシールに呼びかけた。

それから、バランスを崩して倒れ、意識を失って横たわる。

「この人が使者だったのね」ゲシールは胸を突かれる。

もう一度、心の内なる声を聞く。うながされた示唆にしたがって、最短距離で都市に向かいたいという欲求を感じた。それは漠然とした感覚で、それ以上でもそれ以下でもないが、それでも感じる。

「まずはおちついて」と、彼女はいう。「都市には行くけど、ただがむしゃらに向かっても意味がない！　どの都市に行けばいいのかも、それがどこにあるのかもわからないのだから」

しかし、それは違う。どの都市なのか、ゲシールにはわかっていた。問題になる都市はひとつしかない。地平線上にぼやけた輪郭を見せている、あの都市だ。

「いいわ」と、彼女はつぶやく。「でも、わたしたち、この人をここにほうっておくわけにはいかない。いまは気を失っているけれど、意識をとりもどしたら、なにかいい助言をくれるかもしれない」

なんの内なる抵抗も感じない。そこで彼女は、セランの技術装置でそのコンセプトをかかえあげると、遠くにシルエットが見える都市へ向かって高速で進んだ。

＊

それは奇妙な都市だった。巨大な塔のような建物と、高い壁にかこまれたでこぼこしたせまい道がある。壁の向こうにある中庭や広場に人影はない。この都市に人が住んでいたという痕跡はどこにもなかった。いかなる種類であれ、廃棄物すら見あたらない。

「ひとりのコンセプトもいない」かかえてきた男を建物の屋根に寝かせてから、ゲシールは自身の内側に向かっていった。「だれからも情報が得られない。この都市であるはずがないわ！」

　心の内に耳をすますと、ぎりぎりと刺しこむようないらだちのエコーが返ってきた。彼女は思わずうなずき、

「心配しないで」と、ちいさな声でいう。「どうにかして、かれに話をさせるから」

　かたい屋根の上に横たわる未知の男は、部分的に半透明なところがあるにはあるけれど、確実に実体化してきている感じだ。すくなくとも、ゲシールは相手の肩をつかみ、揺することができた。しかし、男はなんの反応もしめさない。

「どうしたものかしら」と、ひとりごちる。「薬はあげられない……この人になにが効くのかわからないから。しまいには、屋根から飛びおりてしまうかも！」

　だれも応えてくれない。

　ゲシールは屋根のはしまで行って、あたりを見まわした。

　眼下のせまい石ころだらけの通りは、むしろ深い峡谷をはしる川のように見えるが、相いかわらず動きがまるでない。都市の外の平原には濃い霧がたちこめ、ひょっとしたら見えるかもしれないすべてのものをおおいかくしている。

　彼女はなすすべなくコンセプトを見た。かなり年かさの男で、肌は黒く、真っ黒で縮れた濃い髭をたくわえている。ひょっとして、なにか古い記録のなかでかれを見たこと

があるのではないだろうか、なにか特別な意味を持った人物ではなかろうかと、さんざん思いめぐらすが、それらしいことはまったくなにも思いだせない。

かなりの時間、いらいらしながら待った。なにか兆しはないか、ヒントはないかと、何度も都市を見おろすが……なにも起こらない。

コンセプトを確認しようと振り向いてみると、姿がなかった。見知らぬ男は、目ざめることなくいなくなってしまった……明らかに、ただ消えてしまったのだ。

「なんてまあ」ゲシールは皮肉をこめていう。「わたしたちは時間をむだにしてしまった……それがすべてよ」

しかし、これがすべてではありえないという明確な感覚がある。あのコンセプトはさっき、都市に行けと彼女にいった。理由があるはずだ。

ひょっとして、べつの都市だろうか？

またもや、むずむずするようないらだちが湧き起こってきた。だが、それは彼女自身の感情ではない。それがなんなのか彼女はわかっていた。こういうやり方で注意を引きつけているのは、まだ生まれてこない子供なのだ。

「ちょっと待ってね」ゲシールはたのむ。「がまんしてちょうだい。なにもかも思ったとおりになるわけじゃないのよ！」

しかし、いらだちがあまりに強くなったので、最後までいう前にゲシールは屋根からはなれた。

峡谷のような道をいくつか横断したが、見えるのはどこも同じ景色ばかりだ……生命のない都市。コンセプトがいないだけではなく、動物もいないし、植物もない。あるのは高い壁と塔にかこまれた不毛の中庭だけ。

「もう充分ね」とうとう彼女はいった。「わたしたち、エレメントの支配者がどこにかくれているのかがわかるような手がかりを、ここでは見つけられない」

彼女は自分で認める以上に明らかに混乱していると思った。エレメントの支配者にはそもそもかくれる理由などないのだから。かれは勝利をおさめたも同然だ。ポルレイターの武器を使ったところで、倒すことができるかどうかははなはだ疑わしい。ひょっとすると、かれはもうターゲットのすぐ目の前に立ち、最後の一撃をくわえんとしているかもしれない。

この不気味な存在に対して、自分になにができるというのか？

そのような戦いを挑み継続するには、ゲシールはあまりに狼狽し、動揺していた。エレメントの支配者に集中することができない。思考が千々に乱れる。

そこにまた、いらだちの衝動が生じた。

「これでも急いでいるのよ！」彼女は怒って抵抗する。「だけど、すべては意味がない。どこかべつの場所を探すか、あるいはコンセプトに訊くしかないでしょう。ええ、わかってるわよ、コンセプトがたくさんいそうな場所に行くのが、いちばんいいって。そうすれば、きっとだれかが、どこを探せばいいか教えてくれるだろうって」

　彼女は我の強さと反抗心が生じるのを感じた。

「わかったわよ、捜索をつづけるわ」あきらめたようにつぶやき、「でも、助けになるようなものをなにも見つけられなかったら、なにかべつのことを考えださないと」

　そもそもわたしの子供は、わたしがいっていることを理解しているのかしら。彼女は疑問に思ったが、ああでもないこうでもないとあれこれ考えるから面倒なのだ、もうこれ以上思い悩むのはよそうと決めた。

　いつかは、これらすべての疑問と恐れに直面せざるをえない。そのことは彼女もはっきり認識していた。しかし、それには時間がかかる。受け入れられる結果が得られるのは、外部からのストレスなしに冷静に考えることができた場合のみだろう……そもそも、それが可能だとしてだが。

　右ななめ向こうにある中庭に、グリーンになっているところがあるのを見つけてはっとした。すぐに決心して、そちらへ向かう。

　近づいてみると、そこには驚くべき光景がひろがっていた。

　巨大な中庭のほとんどの部分には、この都市におけるすべてと同じく、なにもない。ただ、すみっこに大きくて古い節くれだった木々が生えている。

緑が繁茂するそばにおりたつと、土、葉、野草のにおいが鼻をくすぐった。木々のあいだに草が生え、色とりどりの花々が咲いている。細い踏み分け道が一本、ゆるい傾斜の壁がある方角に伸びている。ゲシールはためらいながら慎重に細道に足を踏み入れたが、すぐに不信感はなくなった。

細道の先は、美しさと調和に満ちた別世界だった。もっとも高い木々をもこえて屹立する壁さえ、ここでは不毛でよそよそしい印象をあたえない。それは自然の岩壁のようで、おびただしい数の植物が群生していた。完璧に不毛な都市にこのようなオアシスが存在すること自体、ほとんど信じられない。

ゲシールはせせらぎの音を聞き、歩みを速める。木々の下に足を踏み入れると、花々が咲く反対側の空き地に、奇妙な石づくりの小屋があった。小屋は高くそびえる壁の前にあって、その向こうに明らかに塔と思われるいっぷう変わった建物がある。小屋の近くの壁から小川が湧きでており、空き地を流れて、木々の下のうっすら暗くなっているところへと消えている。

「だれかいる?」ゲシールはそっと声をかける。

返答はない。

ゲシールはさらに進んで小屋まで行き、木製のドアを押す。とんでもないきしみ音に気がひるんだ。

「こんにちは！」緊張した声でいう。

なにも起こらない。

彼女は小屋のなかに入り、思わず身をかがめた。ドアの向こうの部屋は、高さが二メートルもない。天井にわたされた太い梁から、束にした薬草やその他もろもろ、あらゆる種類のがらくたがぶらさがっている。ゲシールはとても大きなスープ用のおたまに頭をぶつけてしまい……音がゴングのように鳴りひびいた。

「だれもいないみたいね」と、つぶやいて、部屋から出ていこうとした。

そこでひと刺し、いらだちの衝動がくる。ここで使者が待っているかもしれない、ここがコンセプトのいっていた場所だ、と、いいたいらしい。

「ここになにかがいるとしたら、せいぜいのところ、クモやネズミよ」ゲシールは怒ったようにいう。「かれらがここでおしゃべりに興じているとは思えないけど」

しかし、クモやネズミは見あたらない。かわりに見つけたのは、隣りの部屋に通じる低いドアだった。

そのドアもひどくきしんだ。

「油差しのひとつくらいあってもいいんじゃないかしらね」ゲシールはぶつぶついいながら、せまくてちいさな部屋のなかを見まわす。

部屋のなかは真っ暗といっていい。唯一ある窓はちいさくて汚いし、小屋のうしろにあるどっしりした壁の側に向いている……そこからはほとんど光がさしこんでこない。埃(ほこり)や黴(かび)のにおいでむっとしていた。すみでかさかさ音がする。

「ここにもだれもいない」と、いって、ドアを閉めようとした。しかし、もうすこし待ってみようという気にさせられる衝動が生じた。

また、かさかさと音がする。こんどは、前より長くて大きく聞こえた。

「だれ？」用心してたずねた。「出てきてちょうだい！」

「出てきてなんていわないほうがいい」彼女の背後であざけるような声がした。「わたしが思うに、あれはカラグだ。毒を持った小獣だよ。よこしまで、嚙みつく。逃げるんだ！」

音が大きくなり、くすくすと笑う声がする。

「カラグ、カラグ」せわしないかすかな声がして、尖った長い耳をした毛皮生物が一匹、汚れた床をぴょんぴょんはねながらゲシールに向かってきた。「カラグはいい子。カラグ、なでなで。いい子、なでなで。こっちにおいで、なでなで！」

その生物はゲシールの前でとまると、右耳のうしろをぼりぼり搔いた。それから、ちいさくてとても黒いうるんだ目でななめ上を見あげる。

「なでなで？」問いかけるように、ややメランコリックにくりかえす。

「この生物が危険ですって？」ゲシールは振りかえらずに訊いた。

「噛むぞ！」あざけるような声が彼女の背後で警告する。

「カラグはいい子！」毛皮玉は即座にいいはなった。

カラグはテラのウサギに似ていて、大きさは二倍くらいある。見た感じはとてもかわいらしい。ゲシールは突然、この動物を抱きかかえたいという気になった。

「いいや、だめだ！」声がきっぱりという。「それはやりすぎってもんだ！」

彼女は一歩しりぞく。カラグは長い耳を立て、さえずるようにしゃべりだした……人なつっこい感じだ。ゲシールはためらう。

「カラグはいい子」動物はもう一度いうと、ゲシールの顔のまんなかに跳びついた。針のように尖った爪を頸に感じる。大きくて鋭い歯が、彼女の鼻先で音をたてた。

ゲシールは本能的に両手をあげて毛むくじゃらを捕まえる。それは重かったし、はげしくもがく。

「カラグはいい子、いい子！」動物はなんとしてでもゲシールの手首をつかもうとしながら、怒りまかせに叫ぶ。力強い顎がネズミ捕りのように開いたり閉じたりしている。

「ええ、いい子だからいなくなってよ、意地悪な獣！」ゲシールは皮肉たっぷりにいう。

彼女はカラグを、出てきた部屋のすみめがけて投げかえす。急いであとずさりすると、カラグは怒りながらしゃべった。

やっといま、ゲシールは突然あらわれた未知者と対面する機会を得る。かれは入口に立っていた。彼女のためにドアを開けてくれていたので、花咲く空き地の明るい光を背景に、軽く前かがみになった暗いシルエットにしか見えない。

　カラグがまた近づいてきて、自分がいかに愛らしいかを見せつけて心をくすぐる。ぺちゃくちゃと三単語しゃべっては、あばれる。さいわい、動きがぎこちなくて機敏さに欠けるので、ゆっくりとしか進めない。だから、ゲシールと未知者は、カラグがドアにたどりつく前に、とっくにその小屋を出ていた。

「嚙まれたのか？」知らない男が心配して訊く。

「いいえ」ゲシールはつぶやきながら頸をさすり、「でも、引っかかれたわ」

「なら、だいじょうぶ」男は平然という。「爪はなんでもない。毒があるのは歯だけだから」

「すてきだこと」と、ゲシール。「どういう種類の動物なの？　どうやってここに入ったの？」

「おそらく、動物園から逃げてきたんじゃないかな」

「動物園？」ゲシールはびっくりして訊く。

「われわれ、さまざまな銀河からの動植物を集めているところをそう呼んでいる。〝それ〟のちょっとしたコントロール・ミスだろう」

「だけど、カラグは明らかに動物ではないわ……動物園に入れていい存在じゃない。知性があるし、話すし」

「そう見えるだけのことだ。機械的に口まねをしている。カラグは肉食動物だが、だいたいにおいて獲物を捕るほどの機敏さがない。だから、狙った獲物の思考から、どうやったら相手がおちつくか察知する。そういうやり方で相手の注意力をそぐのがじつにうまい。きみもこんどからは注意することだ。この先もいろいろとほかの動物が出てくるかもしれないから」

ゲシールはかれに説明したかった、自分自身は充分に注意していたのだけど、わたしの子供があの生物を見誤ったのだと……だが、いわずにおく。自分でもうまく処理するのがとてもむずかしいことを、知らない人に説明するのは不可能だから。かわりに、こう訊いた。

「あなたは、わたしがこの都市で会うべき使者なの？」

「使者？」未知の男はびっくりしてゲシールを見る。「いいや、わたしは使者ではない。そういう役割を持った者をきみが見つけることもないだろう」

「あなたは〝それ〟のところからきたと思ったんだけど！」

「もちろんわたしは〝それ〟のところからきた。この惑星にいて、ほかのどこからくるというのだ？」

「でも、あなたはわたしに伝えるべきメッセージを持っていないのね」ゲシールは確認するようにいう……自分がというより、むしろ子供のために。おそらく、ものごとをただ考えるだけでなく、明確に口に出していうほうが、よりよく理解できるだろう。

「〝それ〟はもうメッセージを送れない。麻痺させられ、行動能力を奪われている。〝それ〟とコンタクトをとる方法はもはやない」

「まだコンタクトをとることのできるコンセプトがすくなくとも数人はいるのでは？」

「いいや。結びつきがなくなったとき、その可能性はなくなった。それは全員、同じだ」

「でも、あなたはすくなくともネガ・プシに行こうとはしていない！」

男は考えをめぐらせながらそちらの方向を見て、

「いまはまだ」と、認める。「しかし、遅かれ早かれそうなるにちがいないと思うと、恐い。ところで、わたしの名はシュロウだ……名字には興味などないだろう」

「どうしてあなたはネガ・プシに吸いこまれずにいられるの？」ゲシールは、自己紹介したあとで、訊く。

「純粋に意志の問題だと思っている」シュロウは陰鬱に話す。「わたしはただあらがっているだけのこと」

「ほかの人たちだってそうしたでしょうに、あなたみたいには成功していない」

シュロウは苦笑する。かれは長身痩軀で、肌の色が明るいにもかかわらず陰気な印象を受ける。目には妙に狂信的な輝きがある。

「わたしは、ほかの者がみな流行だからといってやっていることなど、一度もやったことがない」と、まのびした口調でいう。「わたしはアウトサイダーだ。わかるか？」

「あなたはコンセプトなのよ！」

「そうだ、残念ながら、それ以外にありようがない。しかし、その状態を好きになるようわたしに強いることはだれにもできない。わたしは肉体的に存在するほうがいい」

「いまの状態にかなり満足しているように聞こえるわね！」

「そのとおりだ、この吸引力さえなければ。これを排除する手段はあるのだろうか？」

「わたし、武器を持って……」ゲシールはそういいかけて、ぎょっとして思いだした。

「それを小屋のなかに置いてきてしまった！」

「では、とってこなくては」シュロウは平然という。「ドアを開けておくから！」

「ご親切に」ゲシールはつぶやき、ドアをいやそうに見る。カラグがしゃべっているのがはっきり聞こえる……鋭い爪で木を引っかき、たえずしゃべりつづけている。

「ずいぶん怒っているな」と、シュロウ。「注意しろ。でないと、やられてしまう」

「ふたりがかりでやれば、かんたんじゃないかしら」ゲシールは望み薄とは思いながらも、いってみた。

「そうだろうな」シュロウはすぐに同意した。「だが、わたしはあの獣に嚙まれたくはない。武器を忘れてきたのはきみなんだから！」

「そもそもあなたがいたからじゃないの！」彼女は怒って反論する。

「カラグにやられたら、十分後にはわたしはおしまいだ」シュロウは感情をまじえずにいう。「十分後でなかったとしても、二、三日後にはやられてしまう。できれば、わたしはいやな思いをしたくない。ちなみにわたしがきみなら、すこしばかり急ぐと思う。ここで話していてもなんの役にもたたないから」

まさか、かれがわたしにとってのヒーローなの！　ゲシールはこのコンセプトに関して、心のなかでかぶりを振った。しかし、現実と折り合うしかない。早くほかの、抵抗力があり、協力的なコンセプトに出会えるようにと願った。

シュロウは用心してドアを押し開けた。カラグはいかに自分が平和的であるかをはげしく叫び、すみにさっと姿をあらわし、シュロウのブーツに食らいつく。コンセプトは毛皮生物を振りはらって、逃げだした。ゲシールはこのチャンスを逃さず、小屋に飛びこみ、すばやくあたりを見まわす。

汚い床のまんなかに、ポルレイターのコンポーネント兵器の槍状部分が転がっていた。そのかたわらに、こぶし大の毛皮玉がうずくまり、甲高（かんだか）い声で鳴いている。

それが若い、いや、まだ赤ん坊のカラグであり、意味のある音を形成できないのだとわかったとき、ゲシールは胸に痛みを感じた。成体動物の行動がいきなりべつの重みを持ってくる……悪意からではまったくなく、ほかに生命体のいないこの都市にあって、子供のために必死で食べ物を手に入れようとしていたのだ。

「カラグはいい子!」と、毛皮玉の母親の大声が外から近づいてくる。ゲシールは現実的に考えることを強いられた……感情に溺れることは、ここでは場違いだ。

彼女は槍状武器を手にとり、毛皮生物に近づきすぎないように注意する。ちょうどきしみ音をたてながら閉まろうとしていたドアを、すばやく開ける。母カラグがゲシールのほうにやってきた。通りすぎてから、あわてて振り向き、ぎこちなくはねながら〝獲物〟を追いかけようとする。

「ごめんね」ゲシールはちいさな声でいった。

そのとき、いいことを思いついた。ポケットから凝縮口糧をとりだすと、母カラグに向けて投げた。カラグはびっくりして、くんくんとにおいを嗅いだが、やはりゲシールを追いかけだす。あまりに動作がゆっくりなので、もちろん追いつくわけもないが。

シュロウは木々の下で、安全な距離をたもって草地にしゃがみこみ、足をチェックしている。

「またもや幸運だった」と、かれはいう。「ブーツを嚙まれたが、皮膚には達しなかった。きみはどうだ?」

そのときコンセプトは、ゲシールを頭のてっぺんから足先まで見た。彼女の装備品のどれが自分にとって有用かを考えてでもいるかのように。

「あなたにとって悪いニュースよ」ゲシールは乱暴にいう。「わたしは難を逃れたわ」

シュロウは頭をうしろにそらして笑い、遺憾なく陽気さを発揮したあとでいう。

「われわれ、ここから逃げたほうがいい。あの獣はかなり頑固でね。ちなみに……凝縮口糧を食べさせようというのは、無意味な試みだったな。カラグってのは、生きてる餌しか食べないんだ」

「ま、なんてこと。で、かれらは奇妙な動物園でなにを食べてたの？」

「反抗的なコンセプトさ、もちろん」シュロウはからかうようにいう。

ゲシールはそれを冗談だとは理解したが、かなり不快な精神的連想に襲われた。パニックの兆候を感じる。だが、それは彼女自身の心に発したものではない。

「わたしたち、別れたほうがいいみたいね」彼女はそっけなくいう。「あなたがわたしを助けてくれるとは思えない」

「そんなこといわないでくれよ！　わたしはエデンⅡのことをよく知っているんだから」

「なにもかもがたえず変化する惑星で？」

「それでも、わたしは自分がどこにいるのかわかる。それはきみにできる以上のことだ。ここで居場所の見当をつけるのはそんなにかんたんじゃないと、きみにもわかるよ。

〝それ〟はわたしに、しょっちゅうここらを歩きまわることを許してくれた。きみにとってもそれが有利に働くだろう」

ゲシールは返答しない。彼女はシュロウに腹をたてていた。おなかの子供を恐がらせたし、臆病で利己的だから。塔の屋根にいたコンセプトみたいに、ただ消えてくれればいいのにと思った。だが、シュロウは大股で彼女のそばにやってきて、古い木々の下の暗いなかをいっしょに歩き、中庭のなにも生えていないところまでついてきた。

「見てのとおり、わたしはセランを着用しているの」ゲシールはシュロウに向かっていう。「これから出発するわ。あなたを連れていくことはできない」

「そうしようと思えばできるが、したくないのだな」コンセプトはいう。

「そういうことね」そういって彼女は浮かびあがり、壁の向こうの塔に向かって進む。都市辺縁部がどこなのかを認識し、どちらに向かって進むべきかがわかったとき、下を見おろした。

そのとき、シュロウが壁の向こうから出てきた。ちいさな反重力プレートに立っていたのだが、それで急上昇し、彼女に向かってにこやかに手を振った。

「そう急いで追いはらうこともないか」ゲシールはため息をつきながら、自身と子供に向かっていう。「ひょっとしたら、ほんとうになにか役にたつかもしれないし！」

3

都市辺縁部からはなれた方向に飛んでいるとき、ゲシールの気分はよくなかった。なにかおかしい。とても不快に感じ、体調がすこぶる悪い。

「そもそもどこへ行くつもりなのだ?」反重力プレートに乗ったシュロウが話しかける。

「エレメントの支配者を探しているの!」ゲシールは答えた。

「〝それ〟を麻痺させた野郎のことか?」

「〝野郎〟じゃないわ」ゲシールがきびしい口調でいう……シュロウは、ふたりが通常の音量で話しても聞きとれるくらいにまで接近していた。「信じられないくらい強力な存在よ」

「〝それ〟を麻痺させるくらいの能力があるのなら、そうにちがいない」シュロウは認める。「どこを探すつもりなんだ?」

「正確にはわかっていないの。かれが抹殺しようとしている〝それ〟の中枢部のようなものがあると思うんだけど、ひょっとしたら〝それ〟もどこかかくれ場を見つけたかもしれないし。そこさえわかれば……」

ゲシールはいいかけてやめた。この利己的な男の助けを期待していることを認めたって、ほとんど意味がない。

「エレメントの支配者は〝それ〟の不意を突いた」シュロウは淡々という。「〝それ〟にかくれる場所を考える時間的ゆとりがあったとは思えない。それに、かくれるというのは〝それ〟がやりそうにないことだ。わたしに訊いているんだとしたらいうが、〝それ〟はエデンⅡの中枢部にいる」

「わたしもそう思っている。まずはそこを探そうと思う」

「だったら、どうして辺縁部に向かって飛んでいる？」

「そんなことしてないわ！」

「してるさ。いったばかりだろう、ここで居場所の見当をつけるのはそんなにかんたんではないと。われわれ、あそこに向かわなければならない」

シュロウは、空に向かってそびえる山脈の方角を指さした。巨大な山々が密集している。ゲシールはそれを見ただけで奇妙な胸苦しさを感じた。それでも、シュロウが正しいことをいっているとすぐにわかった……あそこが彼女の目的地であり、それ以外のどこでもないということを。

「そんなにはっきりわかっているなら、すぐにいってくれてもよかったじゃないの！」

怒りの声を発する。

「きみがどこに行きたいのかわかってからでないと、いえないじゃないか」シュロウは気分を害していう。

ゲシールは、かれのことなどどうでもいいと考えていることはいわないでおいた。

「あとどれくらい？」

シュロウは飛びながら周囲を見まわす。

「だいたい四千五百キロメートルといったところかな。それは問題ないのだが……」

「なによ？」

「われわれ、まだいくつか驚きを体験することになるだろう」シュロウが不吉なことをいう。「いつもだったら〝それ〟がなんとかするのだが、いまはすべてのものごとがコントロール下にないから、まずいことになるのではないか。カラグのことを考えてみればわかる」

ゲシールは思わず笑みを浮かべた。あの攻撃的な毛皮玉以上に手に負えないものに出くわしたなら……

「〝それ〟のコレクションのなかには、けっこう不快なものがいくつかある」注意を喚起するシュロウのいい方には、かれらしくない深刻さがあった。

「あなた、肉体があることにそれほど価値をおいているのだから、きっとタイミングを失することなくわたしに警告してくれるんでしょうね」ゲシールはこともなげにいう。

シュロウは奇妙な顔をしたが、それについてコメントはしなかった。

「以前のあなたはなんだったの?」ひろびろした平原の上を飛びながらゲシールが訊いた。「わたしがいってるのは、コンセプトになる前ってことだけど」

「わかってるよ」シュロウは陰にこもった声でいう。「どうしてそれを知りたい?」

「あなたがどんな人か、もっとよくわかるんじゃないかと思って」

「どうしても知りたいというのなら。アフィリーの時代には、首狩り族みたいなもんだった。免疫保持者を突きとめ、根絶していたんだ。ショックをあたえたかな?」

ゲシールはそうかんたんには驚いたりしない。しかもアフィリーの時代というのは、はるか遠い過去のことだ。しかし、おなかにいるまだ生まれていない生命は、敏感で傷つきやすい。彼女は、自分のなかで嫌悪と不安が湧きあがってくるのを感じ、シュロウがいなくなればいいのにと思った。とはいえ、ここの勝手をとてもよく知っているようだし、かれのことは必要だ……すくなくともしばらくのあいだは。

「ずいぶん昔の話だわ」と、彼女は安心させるようにいい、「もうたいしたことじゃない。気にしないで」

「へえ!」シュロウはおもしろそうにいう。「わたしのことをなぐさめてくれる必要はない。自分の過去とはうまく折り合いをつけているのだから」

彼女は黙ったまま、自分自身と子供にべつのことを考えさせるために、ときおり下を見るのだった。

しかし、見えるのは平原だけで……草木一本なく、いかなる生命体もいない。ずっと遠くのほうでちいさな点が、細い鎖のように連なって動いている。コンセプトが絶望的な気持ちで辺縁部へと移動し、いつまでもかれらをのみこみつづけるネガ・プシへ向かっているのだ。ゲシールが向きを変えると、荒野にある峻険（しゅんけん）な岩塊から、悪夢のような都市が島のように突きでていた。前方には、近づくにつれて霞のかかった空へぐんぐん高く伸びていく山々がある。

ゲシールが望んでいたのは、このような景色ではなかった。

「きみはあまり愉快な旅仲間ではないね」しばらくしてシュロウが話しかけてきた。

「そもそも楽しい旅ではないから」ゲシールはいいかえす。「理解してないならいっておくけど、わたしがきたのは、エレメントの支配者を抹殺して〝それ〟を助けるため」

「なるほど、くそまじめな顔をしていればことがよりかんたんに運ぶと考えてるな？そんなことでエレメントの支配者は尻ごみしたりしない。そもそも、なにを使って抹殺しようっていうんだ？　その妙な槍を使うのか？」

「これは槍じゃないわ。デヴォレーターの一部よ」

「魅力的な名前だ」シュロウはうなるような声で、「で、デヴォレーターってのはなんだい？」

「ポルレイターの発明品で、エレメントの支配者用に特別に設計された武器よ。本来は〝デヴォリューション・コンポーネント兵器〟というもので、三つのパーツで構成されているわ。ひとつはメビウス衛星、もうひとつは宇宙空間にある百の貯蔵庫。このふたつのコンポーネントはアエルサン星系にある」

「遠くにあるように聞こえる」と、シュロウはいう。

「とても遠くにね」と、ゲシール。「槍のように見えるこの道具はインパルス・アクティヴェーターといって、デヴォレーターの可動コンポーネントよ。このインパルス・アクティヴェーターをエレメントの支配者のそばまで持っていけたら、わたしはこの〝槍〟を標的に向けて精神力でコントロールできる。槍先が触れたとたん、それは標的と分かちがたく融合するの」

「それで決着がつくと？」

「そう望んでいるわ。デヴォレーターの全コンポーネントはつねに相互接続している。インパルス・アクティヴェーターがエレメントの支配者に当たると、その先端がリレーとして機能し、セクスタディム・パルセーターが……これはさっきいった貯蔵庫のことだけど……六次元ショックを発する。このショック・インパルスはエレメントの支配者に、進化の逆行を引き起こすはず。つまりはデヴォリューション……逆進化ね。デヴォリューションにより、エレメントの支配者は、まず変身能力を、次には非実体化能力を失うので、無限には逃げおおせられなくなる。そのあとはどのような推移をたどるのか、ポルレイターでさえ知らないわ……わたしたち、ただ待つしかない」

「変身能力といったが」と、シュロウは思案げな顔で、「ということは、その不吉なエレメントの支配者は自分の外見をいつでも変えられるんだな。だったら、どうやってそいつを見つけるんだ？」

「かれはわたしたちのところに……つまり、ヴィーロ宙航士のところに……老賢者として忍びこんでいた。マグス・コヤニスカッツィと自称し、だれもがこの人に導かれたいと思うようなグルを演じておおいに成功をおさめたの。だから、かれがその姿をやすやすと手ばなすとは思えない。恐れるものがなにもないのだから、手ばなす理由はまるでないもの。わたしが探していることをかれはまったく知らない。よしんば知っていたとしても、ただ笑うだけにちがいないわ」

「あまりいいことじゃなさそうだな。かれと対面することは恐くないのか？」

「もちろん恐いわよ」ゲシールは怒る。「だからってどうすればいいの？　なにかできるのは、わたししかいないのだから……それともあなた、アクティヴェーターを標的に近づけてくれる？」

「わたしが？　とんでもない……巻きこまれたくないね！」

「あなたの存在に関わることであっても?」

「そうと決まったわけじゃない」シュロウは受け流す。「じゃ、呪われたネガ・プシをわれわれのところにもたらしたのはエレメントの支配者ってことか?」

「ほかにだれがいるっていうの?」

「ま、いい。かれは、目的をはたしたら安心してネガ・プシを消すだろう。そのときまでわたしがまだ存在していたら、このエデンIIで楽しく生きつづけられるわけだ」

「あなたって人は……」ゲシールは思わずいいかけたが、ほんとうに感じたことを表現する言葉を持ち合わせていなかった。

「悪党か?」シュロウはおもしろがって訊く。「わかっている……わたしは堕落した男さ。だからなんだ? わたしはいまの自分が気にいっている」

ゲシールはなにもいわずに加速した。シュロウとの関わりはさっさと断ち、なにか挑発されるようなことがあっても応じたりしないでおこうと、しっかりと心に決めて。だが、それは意味のないことだった……不必要に動揺しただけだ。

残念ながら、シュロウはなんの苦もなく彼女のそばにきた。ゲシールがいくら嫌ったにしても、反重力プレートに乗るかれの態度には感服せざるをえない。泰然自若(たいぜんじじゃく)として立ち、この世のなにもかれに手出しができないかのようだ。プレートのはしに結びつけたザイル二本を手綱のようにあやつり、明らかに飛行をおおいに楽しんでいる……しばしばはしゃいだように跳びはねるが、かれにはまったくそぐわない。

もうすこし、おしゃべりをひかえてくれればいいのだけど！

「もうじき着く」しばらくするとシュロウがゲシールにいった。

「見ればわかるわ」ゲシールはそっけなく答える。

目の前に、山々が壁のように威圧的にそびえ、渓谷に濃霧がたちのぼる。その上に浮かびあがる斜面の一部には緑があるが、さらに上に見えるのは、部分的に雪と氷におおわれているものの、むきだしの岩ばかりである。

ゲシールが、これらの山々の上を飛びこすことができるなら幸運だと思いはじめたとき、飛行高度がさがりはじめた。不安になってセランを点検したが、異常はない。それなのにどんどん高度がさがっていく。ならんで飛ぶシュロウも同様に。

「なにが起きたの？」ゲシールはシュロウに声をかけた。

「なにも」かれはぼそりと答えた。

「だけど、わたしたち、高度が落ちている！」

「もちろん……この山のそばにくると、いつもこうだ」

「いつも？」

「すくなくとも最近は」シュロウは肩をすくめながら、「理由は訊かないでもらいたい……わたしにもわからないのだから」

かれは優雅なカーブを描いて反重力プレートを着陸させると、

「さ、行こう！」と、いう。「道が見つかるまでここに沿って進まなくてはならない」

ゲシールはシュロウのあとにつづき、山並みを抜ける谷や容易に飛びこえられる低い峠はないかと探した。だが、どの谷も行きどまりだし、峠も飛びこえるには高すぎる。

「向こう側に道があるのはたしかなの？」と、シュロウに問いかけるが、もう一度、大きな声で叫ぶようにくりかえさなければならなかった。巨大な滝の流れ落ちる音が、とどろきわたったからだ。

「すこし前までは道がもっとたくさんあったのだ」コンセプトが叫びかえす。「ひとつでものこっていればいいが。なかったら、われわれ、覚悟を決めなければならないな」

道はあるにちがいないと、ゲシールは自分にいいきかせる……平原に見えたコンセプトは、山のほうからきていたのだから。

しかし一方で、エデンⅡの地表はいくらでも変わる。おまけに〝それ〟は、コンセプトたちがネガ・プシに落ちこんでいくことにほとんど関心を向けていない。ひょっとしたら、最後の瞬間に手立てを講じ、コンセプトたちを引きとめられるかもしれないが、すくなくともしばらくのあいだは。

シュロウがいきなり反重力プレートを上に引いた……いやな騎手を振り落とそうとして急に棒立ちになった、目に見えない飛ぶ馬に乗っているかのように。それから、急峻（しゅん）な岩盤に沿ってジグザグに曲がり、突然、姿を消した。ゲシールがあとを追っていくと、かれが洞窟の入口に立っているのが見えた。

　彼女はためらいがちに隣りに着地し、

「そのなかに入るの？」と、不審げにたずねる。

「最短の道だ」シュロウが断言する。「この洞窟は山を抜けて谷へとつながっていて、われわれ、順調に進むことができる。それを過ぎればもうそれほど峻険ではないし、わたしは峠道をいくつか知っている」

「まだあればいいけど」ゲシールは疑わしそうにいう。

　しかし、彼女が恐れていたのはそのことだけではなかった。洞窟のなかの暗闇を不安な面持ちでうかがう。それでも、すこしばかり焦（あせ）りはあったが満足を感じた。

　自分は正しい道にいる。この道を迅速かつ決然と進むことだ……なにかが変わってしまう前に。

　なにもかもが変わってしまう前に！

　ゲシールはそんな考えが浮かんだことに驚いた。絶望感がどんどん大きくなっていくなか、自問した。エレメントの支配者がほんとうに〝それ〟を抹殺したら、エデンⅡにどのような影響が出るのだろうか、と。

　さらに、影響が出るのはエデンⅡばかりではない……

ゲシールは胃が氷の塊りのようになるのを感じた。

やらなくては。手遅れになる前に、なんとしてでも。そして、この洞窟を進んでいかなければならないというのなら……

「もっとひどいことだってあるはず」と、彼女はひとりごち、「さ、行きましょう！」

4

当然ふたりは歩く必要はなく、セランや反重力プレートを使って進行速度を速めればよかった……それでも、なかなか厄介だ。

洞窟は山を一直線に抜けているトンネルというわけではない。暗くじめじめしており、いたるところ鍾乳石でいっぱいだった。数えきれないほどたくさんの分岐があり、太くなって巨大ホールになったかと思えば、いきなり人ひとりがどうにか通れるくらいの細い管みたいになったりもする。

ゲシールは自分に正直だったので、たとえシュロウに好感が持てなくとも、かれがいなければ進むべき道を見つけられなかったと認めるしかなかった。と同時に、シュロウが、どうしてまったく危険を感じさせずに先を急げるのか、すこし不思議だった。

「ここには何度もきたことがあるの?」印象深い鍾乳洞で小休止をしているときに、ゲシールは訊いた。

「一度か二度」シュロウがつぶやくようにいう。反重力プレートにすわり、もつれ合う鍾乳石に目を凝らしている。まるで、そこから化け物でも出てくるのを待ち受けるかのように。

鍾乳石は、ふたりの投光器の光芒のなか、ありとあらゆる色に輝いていた。柱となり、装飾品となり、なんらかの未知なる神をまつった祭壇のように見える。周囲は濡れそぼってきらめき、しずくが落ちつづけている。

「この山々を迂回するわけにはいかなかったの？」ゲシールは訊いた。

シュロウは肩をすくめ、

「わたしにはわからない」

「だけど、あなたがここの勝手をそんなによく知っているなら……」

「ここはふつうの惑星ではない」コンセプトはゲシールの発言に割って入り、「エデンIIではすべてがほかとはすこし違う。このあたりにはつねに山があるが、いつも同じ高さではなく、突然、変化したりする。一分かそこらで道が消えることもある」

「だけど、どうして？　それにどんな意味があるの？」

「わたしに訊かれてもな。〝それ〟に訊いてくれ、われわれがちゃんと見つけて救うことができたら。だが、〝それ〟がきみに答えられるかどうか疑わしいものだ……もし答えてくれても、きみがその答えを解釈するのはきっとむずかしいだろうな」

「わたしはただ、あなたがどう考えるかを知りたかっただけよ。だって、きっとそれについて考えたことがあるでしょう」

「なぜ、わたしが？　わたしは一介のコンセプトにすぎないし、自分の理性をたもつことのほうがだいじだ。

「もし、いま山が変化したら、エデンⅡの秘密について頭を悩ませるのは、いいことではない」

「もし、いま山が変化したら、わたしたち、どうすればいいの？」ゲシールが不安げにたずねた。巨大なる山々が目の前にある。自分たちにのしかかってくるかのような、けたはずれに大きな岩の塊りが、どれもこれも動きはじめるなどと考えるのは、気持ちのいいものではなかった。

「変化しないだろう」と、シュロウ。「いま、すくなくともわれわれがこのなかにいるあいだは。いまはこの道が反対側に通じているのだ」

「どうしてそんなことが正確にわかるのかしら？」

シュロウは立ちあがり、反重力プレートの制御ザイルをつかむ。

「さ、時間だ」と、にべもない。「先を急がないと」

「どうしてわたしの質問をはぐらかすの？　シュロウ、なにか知ってるなら教えてもらわなくては……わたしたちみんなにとって、とても重要なことだから！」

「話すことはなにもない」と、シュロウは受け流す。「それに……きみはどうして自分の内なるコンパスにたずねないのだ？　正しい道を進んでいるかどうか、いつだって正確に教えてくれるのに」

「なんのことをいっているのか、まるでわからないわ！」

「きみはわたしが秘密を持っているといって非難するが、こっちはきみを観察してきたんだ……都市をはなれ、間違った方角に進んだとき、きみは気分が悪くなっただろう。見ていればわかる。顔がすっかり青ざめていたからな。途中ちょっとまわり道をしたときもそうだった。カラグが反抗的なコンセプトを食べるとわたしがいったとき、きみはどうなった？　当然、冗談だとわかっていたはず……なのに、どうしてあんな奇妙な反応をしめしたのか？」

「なんでもないわ」と、ゲシール。「わたしはときおり、すこし過敏になるの」

「そのようだな」シュロウがあざけるようにいう。「とはいえ、きっと具体的な理由があるはずだ。だが、きみがそれについて話したくないというなら……わたしになんの関わりもない。しずかに秘密を守っていればいい」

ゲシールもまさにそうするつもりだった。いつか、自分がかかえる問題をだれかに話すときがくるとしても、まちがいなく相手はシュロウではない。

「ところで……インパルス・アクティヴェーター以外に武器は持っているか？」

「いいえ」シュロウをまだ信用できないゲシールは、嘘をついた。実際、この洞窟を抜けていくのが正しいと感じてはいたけれど、手の内をすべて見せるわけにはいかない。

「残念だ」と、シュロウ。「それがあれば、ブログのところを通るとき役だつかもしれないと思ったのだが」

ふたりはすでに休息をとったホールを出ていた。眼前にはよく見かけるもつれ合った鍾乳石があり、それらのあいだに大きな岩がいくつもある。どうやら天井から落下して砕けたらしい。シュロウは立ちどまり、思案顔でこれらの岩をじっと見る。

「ただの岩よ」ゲシールはそういってシュロウのかたわらを通りすぎようとした。おなかの子がなにがしかの危険を警告するインパルスを発しなかったので、安全だと思ったのだ。

「おい、とまれ！」シュロウがきびしく命令したので、ゲシールはびっくりして動きをとめた。かれの声にはもういつものあざけるようなニュアンスがあり、「これらは岩に見えるが、擬態生物だ。わたしはブログと呼んでいる……ほんとうはなんという名前かわからないが。ひょっとすると、ほんとうの意味で生物ではないかもしれない。それはどうでもいいことだ。いずれにせよ、あらゆる有機生命体を食らうという奇妙な癖がある。さいわいなことに、洞窟内でしか活動しないんだが」

「〝それ〟がどうしてそんなものを好き勝手にうろつかせておくのか、理解できない」

「以前はこのあたりでブログを見ることはなかった。やはり動物園から逃げだしたのだろう」

「ずいぶんといろいろなことを知っているのね」

「しょっちゅう動物園に行っているからな」

「上をかんたんに飛びこえられるじゃない」ゲシールが提案する。「高さは充分にあるんだから」

シュロウは言葉を発せず上方をさししめした。ゲシールは上を照らし、いまにも落ちてきそうな岩がいくつもあるのを見つけて、

「あれもブログなの？」と、訊く。

「もちろんだ」シュロウがうなずく。「けっこうな罠を用意しているぞ」

「わたしたちふたりくらいの貧弱な量だと、労多くして得るものがすくないのでは」

「ブログはそんなにたくさんの食べ物を必要としない。それに、罠はわれわれを狙っているわけでもない。あいつらはとても忍耐強い。いつかはだれかがここを通る……残念ながら、やつらが最初に見つけた獲物がわれわれということ」

「大急ぎで行けば……」

シュロウはため息をつきながら首を横に振り、

「やつらのあいだに、きみが持っている凝縮口糧を投げてみろ」と、いう。

そうするしかない……ゲシールは、これらの岩塊は無害だと思っていたのだが。ブログなんて、シュロウが武器を手に入れるために出まかせをいったとすら思っていた。

ゲシールはひとかけらの凝縮口糧を投げ……相手の反応を見て、驚きのあまり跳びす

さった。

ほんの一瞬で、偽岩のひとつがすばやく触手を空中に伸ばし、ひとかけらの食物を捕らえたのだ。

「敏捷さはこんなもんだ」シュロウが平然という。ゲシールは内心でかれに謝った。たしかにコンセプトに対して偏見を持っていた。かならずしも彼女のせいではない……子供がシュロウのことを好きではなく、それが彼女に影響したのだ。そういうインパルスに対しては批判的であらねばならないと、知っておくべきだったろうに。

「で、わたしたちが武器を持っていたとしたら？」と、彼女が訊く。

「ブログを破壊することはできない」と、シュロウはいう。「良心にやましさがあるから。〝それ〟は自分のコレクションが暴力的手段で死亡させられるのを好まない。パラライザーはほんの短い時間しか効果がなく、われわれ、懸命に急がなければならないが、やれなくはない。いちばんいいのは、きみがわたしに武器をわたしてくれることだ。わたしはやつらのことを知っているので、迷わずビームを命中させることができる」

ゲシールはなにもいわずにあきらめた。彼女が武器を持っていることをシュロウはとっくに知っていたわけだし、かれのいっていることは正しい。ブログとほんものの岩を区別するなんて、実際、彼女には不可能だ。

シュロウは武器を仔細に点検し、どうやら機能を理解したようだ。ゲシールは不安の衝動を感じたが、できるかぎり急いでおさえこむ。

〈かれは悪い人じゃないわ〉と、いっしんに考える。〈ちょっと変わってるけど、危険ではない。このような人を受け入れることを、あなたは学ばなければならないわ。シュロウがいなければ、わたしたち、山の反対側に行くことはできない！〉

自分が考え感じていることをこの子がどれだけ理解しているかが、わかりさえすれば。子供の知性はそんなに発達するものではない……自分はようやく妊娠四カ月に入ったところなのだから。でも、それはふつうの子供に当てはまることで……

彼女は驚く。〝ふつうの子供〟というのは、これまでうまくごまかしてきた言葉だからだ。わたしの子供はふつうではないのか？　そもそも、ふつうの子供というのはどういう存在のことか？

このことについて頭を悩ませるには、考えうるかぎり最悪の瞬間だ。どんな子供であるとしても……母親の不安を感じて、それに反応する。子供の不安が、ゲシールに気分の悪さをもたらしているのだ。

「しっかりするんだ」シュロウがつっけんどんにいう。「へばるのは罠から逃れてからにしてくれ……いまはだめだ！」

「もう、だいじょうぶ」ゲシールはつぶやく。「なにをしたらいい？」

「わたしが合図したらまっすぐ飛ぶのだ。それも最高速度で。だいたい五十メートルくらい行けば、罠にはまることはない」

ゲシールはインパルス・アクティヴェーターをじっと見つめ、突然、かぶりを振り、

「わたしは明らかに体調が悪い」と、いう。「セランを着用しているから、個体バリアを張ることができるわ」

「それをわたしが知らないとでも思っているのか？　この場合、セランは助けにならない。ブログにとっては、個体バリアはセランもろともごちそうなんだ。さ、行こう！」

ゲシールはけだるく、むかむかし、そもそも、なにかをするなんてできそうにない。できるものなら、すぐにでも引きかえして、べつの道を探したい。山々を迂回し、谷を見つけよう。この狂った洞窟にくらべたらましなところが、どこかにきっとあるはずだ。

彼女はこうして、おなかにいる子供の恐怖心に気づいた。それに気づいたからといって、ことは容易ではない。こういうことのすべてが、どこにつながるのだろうか。子供がエレメントの支配者に対して同じように反応したらどうなるのだろう？　インパルス・アクティヴェーターを持って立ったまま、それを使うことができずにいる自身の姿が見える……エレメントの支配者はというと、〝それ〟に死の一撃をくわえようと高笑いしている。

「きみの問題がなんなのか、わたしにはわからない！」と、シュロウがゲシールを責める。「だけど、その問題に対処するのはいまじゃないだろう。ブログは何年間もひたす

ら獲物を待っていた。そしていま、われわれがここにいることを知っている。見てみろ……やつらはもう動きだしている。あと一分でも長くここでうろうろして、やつらにわずらわされたら、きみの武器はわれわれの役にはまるでたたなくなる」

ゲシールは無理やり気持ちを引きしめて、「いいわ」と、つぶやき、「五十メートルといったわね？　用意はできたわ」

「そろそろだ」

シュロウがなにをもってブログだと認識し、どうやって通常の岩と区別するのかゲシールにとっては謎だったが、明らかにかれにはそれができた。行く道をふさいでいる奇妙な存在を、シュロウは順序よく撃ち、一体として見逃さない。そのうち、数体のブログがはっきりと認識できるようになった。なぜなら、すこし動きはじめたのだ。表面が縮れてきて、湧きたつ汚泥のようにうねり、細い触手を空中に伸ばしている。

シュロウが信じられないくらいすばやく武器を動かして標的を変えるので、ゲシールはしばしば目で追えないほどだった。

「行け！」二秒もしないうちに、シュロウが吐きだすように叫ぶ。ゲシールはすばやく行動に出た。バランスをとりながら反重力プレートに乗ったシュロウがそれを追い、ひっきりなしに撃ちまくる。罠をくぐりぬけたゲシールはあたりを見まわし、愕然とした。パラライザーで撃たれたブログがふたたび動きはじめ……こんどは明らかに激昂している。洞窟じゅうがブログの触手で埋めつくされ、シュロウがそのあいだを荒々しくカーブを描きながら飛んでくる。かろうじて逃げきり、瓶からコルクが飛びでるように、罠から飛びだしてきた。長くて欲張りな触手が追ってくる。

「あいつら、嫌いだ」身が安全になったところでシュロウがうなる。「われらが偉大な主人にして師は、やつらのどこがいいと考えているのか、わたしにはわからない。やつらをもといた場所に置いておくべきだったと思う……それがどこであろうと」

「ブログは追いかけてくるかしら？」ゲシールが心配げに訊く。洞窟はブログのからだと触手で埋めつくされ、くぐりぬける余地はない。もしこの塊りが動いたら、すべてが押しつぶされてしまうだろう。

「いいや」シュロウは怒ったようにいい、左袖を引っ張った。「間違った方角からきたのだから、同じ道を引きかえすことはけっしてない。やつらの一体にやられた」

「どこ？　見せて！」

それはただの引っかき傷だった。シャツの袖が破れていて、その下にうっすらとした傷があったが、ほとんど出血していない。

「触手は有毒？」ゲシールは念のために訊いた。シュロウがかぶりを振ったので、からかうようにいいきる。「だったら命の心配はないわ」

かれは陰鬱な視線でゲシールを見て、

「こんなことに関わるなんて、わたしはきっと気が狂ったにちがいない」と、うなって、

「まったくどうかしている！」

ゲシールは、シュロウがいかにすばやく確実に武器をあつかったかを考えた。罠のなかで、いかに敏捷で大胆だったかを、いかに安全に彼女を送りだしてくれたかを。わたしを送りだしたあと、どれだけ自分が危険な状況におかれるか、かれはまちがいなく知っていたにもかかわらず。そして、理解できないというふうにかぶりを振った。

彼女はこのコンセプトをけっして理解できないだろう。出会ったのがシュロウではなく、旧ミュータントのだれかだったらよかったのにと思った。冷静で、常識的で、できればテレポーターならよかったのに。

しかし、ここにはシュロウしかいない。かれはまるで、腕全体が切りとられたかのようにふるまっている。

5

その先、洞窟にはなにもなかった。罠もなく、かんたんに通過でき、危険性はまったくない。シュロウは先へと飛んでいく。口もきかず、不機嫌だが、信頼できる男だ……それこそが最終的に重要なことだった。ゲシールはかれのあとを影のようについていき、自分の問題は考えないようにする。

ようやく陽光が見えてきたと思うと、集落がある谷に向かってのびる、緑豊かでおだやかな斜面の上を浮遊していた。

それはりっぱな都市というのではなく、ちいさな村だった。心おちつく健全な印象をあたえる、低層の古い家々がある。集落のすぐそばの土地は、かつては牧草地とか野原だったのだろう。あちこちに放牧場の柵の一部がのこっている。

シュロウが下降しはじめると、ゲシールもすぐにあとを追った。かれは村道のまんなかに着陸すると、優雅に跳びおり、注意深く周囲を見まわす。

「ここには倉庫があるはずだ」と、いう。「すくなくともまだなにかがのこっていればいいのだが。ちょっと見てきてくれないかな。わたしは新しいシャツがほしい」

ゲシールは驚いたようにかれを見て、顔をゆがめた。

「それと、なにか食べるものを。きみに異存がなければ」と、かれはいいたした。

シュロウがほとんどの時間、まったくといってもいいほどなにも食べていなかったことに、彼女は突然気づいた。そういえば、凝縮口糧をすすめても辞退して、少量の水を飲むことで満足していたのだった。彼女はなんの質問もしなかった……シュロウといるときは、あらゆる事態を覚悟しておかなければならない。

村じゅうを探したが、倉庫はなかった。そのかわり、一軒の家の奥に、キイチゴの生け垣と思われるものを見つけた。毒があるかもしれないと思ってセランに調べさせたところ、食べられる果実だ。それどころか、とても美味だった。シュロウは飢死の一歩手前みたいに、がつがつ食べた。

「わたし、凝縮口糧を充分に持っているのよ」と、彼女はいう。「ふたりぶんはゆうにあるのに！」

「そうでないとしても、きみはそれをぜんぶたいらげてかまわない」シュロウはつっけんどんにいう。「わたしはそいつが苦手なのだ。一時、それればかり食べて生きていたのでね。それ以来、考えるだけで気分が悪くなる」

「それはお気の毒に」ゲシールが狼狽する。「そんなこと知らなかったものだから」

「いいさ」シュロウは突然に顔をあげると、道に走りでて、反重力プレートに跳び乗った。ゲシールはびっくりしてシュロウを追う……かれらがやってくるのが見えた。

コンセプトたちだ……数千人にもおよぼうかという、長く傷ましい列。よろめきながら、やっとの思いで前へ進んでいる。無気力で、心ここにあらずといったようすで、目を落としたまま。

「かれらをとめなくては」ゲシールは愕然としていう。

「だれにもとめられない」シュロウが感情をまじえずにいう。「かれらには前進する以外に選択肢がない……どんどん先へと、エデンⅡのはしに着くまで。ひどい楽園になったものだ！」

「またよくなる可能性だってあるわ。ただし、エレメントの支配者を見つけなければ」

「そのとおり。だからきみは、あの連中に関わって時間をむだにすることは許されない」

「でも、あの人たちには助けが必要でしょう。何日も前からなにも食べていないように見えるし」

「かれらになにをあたえようというのだ？　きみが携帯しているお笑いぐさの凝縮口糧か、それともこの家のうしろにある生け垣のキイチゴか？　ゲシール……かれらが歩いているのはせいぜい一日半だし、エデンⅡにはまだ食べ物はある。辺縁部での生活はいつだってあまり楽ではないが、かれらは楽なほかの地域からきている。かれらを苦しめているのは空腹ではない。ネガ・プシの吸引力なのだ」

シュロウが振りかえる。その方角にコンセプトを破滅に導くものが待ちかまえていた。ほんの一瞬、シュロウの目のなかに見えたものに、ゲシールは深く驚愕した……それは苦痛に満ちた奇妙な憧れだった。シュロウはこうべをめぐらし、なんとかその方角から目をそむけようとしている。

「あれに引かれるのね」と、彼女は確認する。「自分でもわかっているのね」

「われわれのだれもがわかっているさ」かれは乱暴にいう。「違うのは、きみだけだ。そのかわり、きみにはきみの問題がある。《バジス》には、きみ以外にその問題を解決できる者がいないのか？」

「《バジス》には、わたし以外に行動できる者はいないわ。なんとかチャンスがあったのはわたしだけ」

「妙だな」

妙ではない。子供が彼女を守ったのだ。彼女もそれを知っている。しかし、そのことをシュロウに話すつもりはない。

コンセプトたちが近づいてくる。

「ひょっとしたら、だれかがわたしにメッセージを持ってきたかもしれないわ」と、期待をこめていう。「〝それ〟にもう打つ手がないとは想像できない。わたしが探しているることを、知っているにちがいないし」

「知っていたとしても、反応できないだろう。〝それ〟はもう使者を送れないし、送れたとしてもきみを助けることはできない。いいかげん、あきらめたらどうだ」

「引きこまれることにあらがえるコンセプトがほかにいるはずよ。あなたひとりのはずがない！」

「どうして？」シュロウは不遜な笑みを浮かべ、「わたしは特別な存在だ！」

ゲシールは怒りもあらわに顔をそむけ、決然とコンセプトの列へ向かいかける。

「なにをするつもりだ？」シュロウが大きな声で訊く。

ゲシールはさっさと進もうとする。もうこれ以上いい合いをしたくない。だが、最初の一歩を踏みだすか踏みださないかのうちに、物音が聞こえ、高く持ちあげられた。

「はなして！」彼女は怒りまかせに叫ぶ。

シュロウは反応しない。荒れ放題の野原を疾駆し、森のそばでゲシールをおろした。

「すくなくとも、かれらがブログの触手に絡めとられるのを防げたじゃないの！」ゲシールがシュロウに嚙みつくようにいう。「この道を進んではいけないと、だれかがかれらにいわなくては」

シュロウは反重力プレートのはしっこにすわって両脚をぶらぶらさせ、傲慢な寛大さ

でかぶりを振り、

「まず第一に、かれらはきみに耳を貸さない」と、いう。「あの状況では単純にそれができないのだ。きみはそれがわからないほどおろかなのか？　第二に、洞窟はとっくに閉ざされている。あの道はもう存在しないから、かれらはブログに出くわさない」

「どうしてあなたにそんなことがわかるの？」ゲシールはシュロウに向かって大声を出す。「あなたは自分を危険から守るために、わたしに嘘をついているだけだわ！」

「あっちを見てみるといい！」

ゲシールはシュロウの指示にしたがって、いま飛んできたばかりの斜面を見あげた。洞窟の入口は最初からなかったみたいに消えている。そのかわり、村からべつの洞窟につながる小道が一本のびていた。以前はそんな小道も洞窟もなかったのだが。

「だけど、こんなこと、ありえない」唖然としてつぶやく。「〝それ〟にまだ行動力があるのなら、べつだけど。シュロウ……」

「誤った希望を持つものではない」シュロウは警告する。「第一。〝それ〟にはコンセプトたちをネガ・プシへ行きやすくしてやる理由がない。第二。〝それ〟が意識的に努力してそのような変化をもたらすかどうかなんて、だれも知らない。ひょっとすると、きみがいうところのエレメントの支配者が介入したとさえ考えられる」

「もう手遅れだっていいたいの？」ゲシールはショックを受けてたずねる。

「いや」かれははっきりいう。「わたしよりもずっと密接に〝それ〟と関連しているコンセプトはいる。だが、わたしは〝それ〟がまだ存在していることを知っているんだ」

「〝それ〟とコンセプトのあいだにはもう結びつきがないのよ！」

シュロウがおもしろくなさそうに笑う。

「プロジェクション・スクリーン上の存在が思考するとしたら、まだプロジェクターが存在することをわかっているはず。そうでないなら、かれらはもはやそこにはいない」

「コンセプトはプロジェクションなんかじゃない！」

「もちろん違う……すべてはもうすこし複雑だ。だが、きみはわたしの言葉をただ信じればいい。〝それ〟はまだ存在している。わたしはかれとコンタクトできないが、その存在は感じるのだ」

「そう、わかったわ」と、ゲシールは抵抗をあきらめてつぶやく。

コンセプトたちは村道に到達した。だれひとりとして森のほうを見ようとしない。つまずきながらまっすぐ前進し、新しい洞窟へとつづく道をたどっている。

「ほんとうに、かれらのためにしてあげられることはなにもないみたい」と、ゲシールが確認する。「あなたが正しかったわ。たぶん、かれらはわたしを突き倒して進んでいったわね」

「わたしはたいていの場合、正しい」シュロウが友好的にいう。

ゲシールは苦笑いしながらシュロウに目を向けた。ようやく気づいたのだ、この人はわたしを安全な場所に運ぶために、セランごと持ちあげたのだと。反重力プレートはふたりが乗るにはちいさすぎるし、片手はプレート操作に必要だから。これまで考えていた以上にかれは力持ちにちがいない。

ともあれ、かれはゲシールに武器を返した。世のなかにこれほど当然のことはないとでもいうように。

*

ふたりはコンセプトたちがやってきた道を、奇妙な山岳世界のますます奥深くへと進む。頻繁にコンセプトたちに遭遇するが、かれらはふたりにまるで注意をはらわない。完全にネガ・プシの呪縛にとらわれているのだ。

とはいえ、このあわれな人々の先にはとても長い道のりがある。恐るべき目的地に到達するにはまだ時間がかかるだろう。だが、ネガ・プシのすぐ近くで実体化した、はるかに運のないコンセプトもいる。かれらは、まちがいなくすでに消えてしまったはずだ。

〝それ〟がネガ・プシのショック・インパルス下でいわば収縮させられたので、実体化は段階的に起きたのではないかと、ゲシールは考える。そのさい、コンセプトたちを短い間隔で解放する必要があり、その結果、エデンⅡの地表全体に振り分けられた。そう考えるのが、この状況下ではせめてものなぐさめではないか。なぜなら、そうすればコンセプトのかなりの部分を救うことができると期待できるから……ゲシールが時を失することなくエレメントの支配者を無力化できればだが。

「そもそも、ネガ・プシというのはなんなのだ?」岩だらけの大きな谷の上空を飛びながら、シュロウが訊いた。

「渦状のプシオン・フィールドよ」ゲシールは進んで答える。「エレメントの支配者はヴィールス船二十隻を、このフィールドに変えたの」

「だったら、かれはそれらをもとにもどせるはずだな」シュロウが期待をこめていう。「きみはなんとしてもかれを説得し、そうさせるすべきだ。時間が経過すればするほど厄介になる」

「あなたは、まだしばらく吸引力に抵抗できると思うわ」

「そうだといいんだが」

ゲシールは横からシュロウを見て、

「あなたって変な人ね」と、いう。「そもそも、どうしてこんなことしているの? どうしてわたしを助けてくれるの?」

かれは肩をすくめ、

「わたしにもわからない」と、不機嫌にいう。

彼女ははじめて、おなかの子供がひと役買っているのかもしれないと思った……比喩的な意味でだが。

この子がわたしをネガ・プシのショック・インパルスから守り、それでわたしは《バジス》を去って戦いを開始することができた。この子がシュロウに影響をあたえ、ネガ・プシの吸引力にあらがえるようにしたとは、ほんとうに考えられないだろうか？

シュロウがゲシールをじっと見て、

「きみはときどき、自分自身に話しかけているような印象を受ける」と、いう。「その秘密主義をやめにして、そもそもきみになにが起きているのか話してくれたらと思うのだがな」

ゲシールは内なる声に耳をかたむけた。いまこの瞬間は、すこしばかりのこる焦りとないまぜになった満足感以外に、感じるものはなにもない。正しい道を進んでいる。ただ、急がなければならない。そう認識するのはむずかしいことではない。

エデンIIにきてシュロウに会って以来、おなかの子がしずかにしているのはわかっていた。それ以前は、彼女の脳内の言語中枢に不器用な音を発生させて、自分の存在を感じさせようとしていたものだ……テレパシー・セクターを使った最初の会話の試みということ。いまは漠然とした感情しか送ってきていない。

それもまた、子供がそれ以外のことに強く関わっているということを示唆しているのではないだろうか？

　彼女はほぼ確信した。この子はシュロウを守っている。かれを好ましく思っていなくても。

　子供が思慮深く行動し、歩みよれるようになったということか？　より大きな問題に対処するには、シュロウに対する反感をおさえなければならないことを認識しているのだろうか？

　だが、たんに母親の考えや感情に反応しただけなのかもしれない。

「もうすぐ大都市に到着する」と、シュロウがいう。「そこで倉庫が見つかるといいのだが」

「見つからなかったら、凝縮口糧を食べるしかないわね」と、ゲシールが浮かぬ顔でいう。「食べ物探しに長い時間をかけるわけにはいかないから。おまけに……とっくの昔にコンセプトが倉庫を空っぽにしているかもしれないし」

「それは考えにくいな。そもそも、かれらは休息しないし、そうしたいという欲もない」シュロウは不安げに、かれらがやってきた方角を見る。「わたしには理解できない。ネガ・プシからはなれればはなれるほど吸引力が強まっている。実際には、逆になるはずではないのか」

「ネガ・プシがどのように作用するかを、論理的に究明したり予測したりできるとは思えないわ」ゲシールは疑わしげにいう。

しかし、ひょっとするとそうではないのかもしれない。シュロウがいまは前より強い吸引力を感じるのは、子供がだんだん疲れてきているという事実と関連するのかもしれない。子供はまだちっぽけな胎児。そのような存在が、いかほどの力を発揮できるのか？　どれくらいメンタル性防御をつづけられるものなのか？

わたしたちを守ることに子供が疲れはててしまった場合、わたし自身はどうなるのか？　《バジス》全乗員のように行動不能になってしまうのだろうか？

ゲシールが急ぐのには、さらなる理由があった。この件に関してシュロウに話すのがフェアだと、みずからにいいきかせている。かれは自分がなにをしているか知る必要があるから。しかし、彼女はいまだにかれにそのことを話せずにいるのだ。

「わたしは吸引力が強まったとは考えない」と、こんども、彼女はいう。「むしろ、その力は一定だと思う。もし、強まったとあなたが感じるのなら、それはおそらくあなたがあまりに長くその力にさらされ、抵抗しつづけてきたからではないかしら。わたしたち、時間をむだにしないようにしましょう。状況が悪くなるだけだから」

かれは肩をすくめ、

「急ぐしかないな」と、いう。「せめてもうすこし高く飛べさえすればいいのだが！」

しかし、ふたりにはそれができなかった。何度もためしたのだが……ある一定の高さにまで達すると、すぐに引きかえすことになり、山のあいだを抜ける道を見つけるしかなくなる。いずれにせよ、この山々だってどこかに終わりがあるはずだ。すくなくともゲシールはそう望んでいた。

かれらは小道の上を横切った。シュロウが話した都市が眼下に見えた。

都市は大きな盆地いっぱいにひろがっている。まぎれもなく、ゲシールがこれまでに見たなかでもっとも美しい都市のひとつだった。しかし、この時点では、彼女はその美しさを正しく見てとれる余裕はなかった。

「ところで、倉庫はどんな外観なの？」ゲシールが訊く。

「残念ながら、画一的な外観はない」シュロウはしょんぼりという。「そのときどきの状況に応じてつくられるから。そうした建物に理論上、備蓄が保管されているわけだ」

「なんて非実用的なの」と、ゲシール。「そういう建物には印をつけたほうがいいんじゃないの？」

「めったに必要とされないから」シュロウは受け流す。「過去には数年にわたって、多くのコンセプトがエデンⅡの地上で生活していた。この都市は、かれらが集まる瞑想センターのひとつだ。わたしはずいぶん前に一度だけきたことがある。だが、ここのところ、たいていのコンセプトは〝それ〟のところにとどまっていた。何組かのパトロール・グループが惑星地表をチェックするだけで」

「で、あなたはなにを？」

「わたしはだいたいの時間を外ですごしていた。でも、このエリアにきたことはない。なぜかというと……いや、関係ないことだな。いずれにせよ、パトロール・グループは、必要が生じたさいに物品を調達できる場所を知っていたんだ。それに関する情報はいつだって〝それ〟から得られた。ひょっとしたら、運よく見つかるかも。たいていの倉庫は都市郊外にあるから」

ふたりは最初の建物群に到達した。明らかに長期にわたって人が住んだ形跡がない。路面の舗装があちこちでひび割れ、割れ目から野生の花が顔をのぞかせている。それにもかかわらず、都市は美しかった。かつて繁栄した居住区の壮大な石づくり構造がのこされている。コンセプトたちはどうしてこのような美しい地から立ち去ったのか、と、ゲシールは自問する。〝それ〟との統合という大きな目標があったのはわかるが……きっとかれらにとって容易ではなかったはずだ。

さいわいなことに、どこの扉にも鍵はかかっておらず、どの建物も自由に入ることができた。しかし、なかにはなにもなかった。部屋のすみに、埃と枯れ葉だけが吹きよせられている。それ以外にはなにひとつない……家具調度も、備品もない。

ゲシールはシュロウと別れて建物を次々と捜索したが、成果はなかった。一度、数人連れのコンセプトに出くわしたが、放心状態で、視線をあげることすらなく通りすぎていった。話しかけてみたが、反応しない。彼女が空気であるかのようにふるまうのだった。

悪意があるわけではないものの、気がめいる。ゲシールは思わず立ちどまり、あわれな人々を見送った。振りかえると、もうひとり遅れてきたコンセプトがいた。小柄で華奢な感じのアジア系の男が近づいてくる。

ゲシールは横によけて道を譲るが、男が突然、立ちどまったのでびっくりした。

「あなたはコンセプトではないな」男がゲシールにいう。「どこからきたんだね？」

ゲシールは電気がはしったような気がした。この男はどうやら、完全にはネガ・プシに呪縛されていない。

「《バジス》から」そう答えたゲシールは突然、その男がだれなのかわかった。旧ミュータントのひとり、タコ・カクタ……テレポーターだ！　急いでつづけた。「〝それ〟を救うためにきたのよ。わたしは武器を持っている……エレメントの支配者を攻撃できる唯一の武器を。手遅れになる前に、わたしを〝それ〟のところへ連れていって！」

そういうと、ゲシールはタコ・カクタに手をさしだすが、ミュータントは握るのをためらい、悲しげにいう。

「このような条件下でテレポーテーションするのが、はたして望ましいかどうか。ためしてみたのだが、ほとんど切り裂かれんばかりだった。いまは吸引力をあまり強く感じないが、テレポーテーションの瞬間にはほとんどおさえがたいまでになる。なにが起こっているのかを理解する前に、ネガ・プシのひとつに引きこまれてしまいかねない」

ゲシールはがっかりして、手をおろした。ようやく、時間をかけずに比較的楽な方法で目的地に到達できると考えたのに……誤った希望をいだいたことに気づかざるをえなかった。

「では、なにか食べるものを見つけられる場所を知らない？」と、彼女はしかたなく訊いた。「同行者がいるんだけど、凝縮口糧が口に合わなくて」

「都市の反対側に倉庫があって、まだいくらか備蓄がある。連れていってあげよう」

これだってなんの助けもないよりはましだ。

ゲシールが呼ぶと、シュロウが反重力プレートでやってくる。ほどなくして、空腹の男はようやく満足のいく食事をとることができた。

「〝それ〟はエデンⅡの中枢部にたてこもっている」タコ・カクタが教えてくれる。

「一要塞のなかだ。たいした苦労もなく見つけられると思うが、注意しなければならないことがある。かれの宇宙コレクションの一部が自由に動きまわっているのだ。かなり危険なものもいる」

「そのなかに、エレメントの支配者をたいらげてくれるのがいるといいんだがな」シュロウが口いっぱいに食べ物をほおばったままいう。

「エレメントの支配者を抹殺するのがそんなにかんたんだったらいいのだけれど」ゲシールがため息をつく。「いっしょに行ってくれる、タコ？」

「よろこんで行きたいところだが、できないんじゃないかと」

「どうして？」

「わたしは目下テレポーテーションができない状況だし、歩いていくには遠すぎる」

「あなたのための反重力プレートを見つけましょう！」

「この都市で？」ミュータントが悲しげにほほえむ。「ここにはもう長いことそういった類いのものはない。無理だ、わたしはここにのこるしかない」

「でも……」

「好きにさせてやろう」シュロウがやさしくいう、「そのほうがいい。われわれ、先に進まなければならない」

　ゲシールは不承不承、譲歩した。ふたりはまた先へと飛んでいく。

「タコを連れてくるべきだったわ」ゲシールが非難がましくいう。「かれを置き去りにするなんて、やっぱり正しくなかった。なにか方法を見つけられたんじゃないかしら」

「かれは吸引力に屈服していた」シュロウは怒ったように答える。「気づかなかったのか？　かれがテレポーテーションするのを拒んだのは、直近のネガ・プシに行ってしまうことがはっきりわかっていたからだ。だから、自分の超能力をブロックしている。そうすれば、ほかの者のように辺縁部へと行かずにすむから。とはいえ、ネガ・プシから遠ざかることもできないのだ」

シュロウが個人的な経験を踏まえて話しているのがわかって、ゲシールは黙った。この奇妙なコンセプトは、なぜこのような厄介ごとを引き受けるのだろう。子供が関係しているとしか考えられない……シュロウの性格からして、ほかに説明のしようがない。

「あとどれくらいの距離なのかわかる？」と、訊く。

「三千キロメートルくらいかな」

それなのに、わたしたちはもう手にあまるほど困難をかかえている、と、ゲシールは考えた。この先どうなるのか？

「そもそも、なんできみは中枢部の近くに着地しなかったのだ？」シュロウは訊く。

ゲシールは肩をすくめた。

自分でもわからなかったのだ。

6

休むことなく飛行しつづけ、いつしか山岳地帯をこえて、楽園のような丘陵地帯に到達した。都市がたくさんあるが、どこにも生命体はいない。ふたりは長い時間、コンセプトの群れの上を飛んできた。その光景に慣れてしまったゲシールは、もうほとんど注意を向けなくなっている。けだるさと疲労を感じた。だが、それを認めるくらいだったら舌を嚙み切るだろう。

時間がたつにつれ、シュロウに対する感嘆のようなものがゲシールのなかに芽生えていた。かれは疲れを知らないように見える。倉庫から備蓄食糧をすこしばかり持ちだしていたが、それを食べているときでさえ飛行を遅らせたりはしない。

しばらく前からは、コンセプトに会うこともほとんどなくなった。またあらたな都市に到達したとき、シュロウが下をさししめしていった。

「着地しよう。このあたりはいくらか安全そうだ。適当な家を見つけて長めの休憩をとろう」

「そんなことをしている時間はないわ」と、ゲシールは抗議する。

「きみは休憩しなくては。疲労困憊(こんぱい)しているから……見ればわかる。すぐに数時間の睡眠が必要だ」

その点でかれは正しかった……こんどもまた。かれの提案に反対する理由はないと、ゲシールは自分にいいきかせる。憔悴(しょうすい)しきって目的地に到達し、エレメントの支配者に対してなすすべがなかったら、だれにとってもいいことはない。ポルレイターが計画していたようにインパルス・アクティヴェーターを使用するには、充分な強さと集中力が必要になるだろう。

この都市にもなにもなく、しんとしずまりかえっている。どの家にも住人がいない。都市郊外にちいさな家をひとつ見つけた。まだ家具がすこしだけのこっていたが、残念ながらベッドはない。シュロウは椅子数脚を移動させてくっつけ、ゲシールにうなずきかけて姿を消した。かれがほかの部屋で歩きまわる足音が聞こえていたが、どうやら寝る場所を見つけたのだろう、しずかになった。

ようやくセランを脱ぐことができてうれしかった。このうえシャワーを浴びることができたら、なんだってあげたいくらいの気持ちだ。しかし、水道管には、もうとっくに水はきていない。それでもゲシールは、からだを伸ばせる感覚を楽しんだ。

目がさめると、右耳のすぐそばで奇妙なぱちぱちという音がした。用心しながらうっすら目を開ける。

ちいさな箱形ロボットが……すくなくとも彼女はロボットだと思った……顔のそばをさっと通りすぎ、急にとまって、細い腕を伸ばしてくる。

「そこでなにをしているの？」ゲシールはそう訊きながら、からだを起こした。

ロボットは答えない。バランスを崩し、極端に短い脚をばたつかせる。まるでカブトムシのようになすすべなく引っくりかえっていたが、すぐに腕を使って立ちあがった。

ゲシールはうさん臭げにそれを見つめる。

小型ロボットはひたすら、ゲシールがからだを支えている手に向かって近づいてきて肌をさするのだが、そのさい騒々しいぱちぱちという音をたてるのだった。

「目がさめたかい？」ドアごしに、シュロウがたずねた。

「ええ。小型ロボットみたいなものがここにいるんだけど、わたしになにをしてほしいんだかわからなくて」

シュロウはあわててドアを押し開け、彼女のそばにやってくる。驚いたようにちいさな装置を見つめ、

「害はなさそうだ」そういって、右耳のうしろを掻いた。「この手のものをどこかで見たことがあるな」

かれがつまみあげると、小型ロボットはいまいましそうにぱちぱちと音をたて、たく

さんあるちいさな腕を動かす。そのうちの二本がつかみかかってきた。シュロウは驚きの声をあげて、ロボットを落とし、

「こいつにつねられた」と、いう。「ほら、見てくれ！」

手のはしっこにほんのちいさな傷がある。

「なんてやつだ」シュロウはののしり、ちっぽけなロボットをひと蹴りした。小型マシンは部屋のすみっこに滑っていき、怒ったような音をぱちぱちたてながら、そこに散らかっていたごみのなかから出てきた。

「こんなちっぽけなものだけを相手にするかぎり、たいした問題はないわよ」ゲシールはなだめるようにいう。

「よくいうよ。たしかに、きみはなんの危害もくわえられなかったからな。さ、もっといやなのがあらわれないうちに、ここから出よう」

しかし、ふたりがドアの外に出てみると、シュロウの反重力プレートがちっぽけな箱形ロボットで埋めつくされていた。

「踏んだり蹴ったりじゃないか！」コンセプトは思わずいった。「思いだしたぞ、こいつらのこと。〝それ〟のコレクションだ」

「やっぱり逃げだしてきたってこと？」

「それしかないだろう。いまいましい！　こいつら、掃除屋だ」

「清掃ロボットってこと?」

「ちょっと違うな。ここでふつうの汚れを探しているのなら、仕事は充分にあるはず。そうじゃなく、やつらはエネルギーをもとめているのだ。〝それ〟のコレクションには、勝手に行動するようになるとかなり危険なものがある。そうしたなかのいくつかはエネルギー源を持っていて、それは除去できない。そこで、それらがある一定量のエネルギーを発生させると、掃除屋がやってきてもとの状態にもどすのだ。いま、やつらがわたしの反重力プレートにもそれと同じことをしてるんじゃないかと危惧している」

「それはまたかなり面倒な仕様だこと」ゲシールは批判的にコメントした。「〝それ〟はなにかほかのことを思いつかなかったのかしらね?」

「自分で訊いてみたらいいさ。かれの思いつきに、わたしは責任を持てない」

ちっぽけな掃除屋たちは、反重力プレートから急に流れるようにはなれた。反重力プレートは、役にたたぬ状態で捨ておかれている。

「これは困った」ロボットが行ってしまうと、シュロウはそういう。念のため、反重力プレートを高く持ちあげて振ると、最後の掃除屋がぽとんと落ちた。それからかれはプレートを肩にのせてあたりを見まわす。

「この都市には前に一度きたことがある」と、いう。「どこに倉庫があるか知っている。掃除屋がそこをまだ見つけていなければいいのだが」

ふたりが到着してみると、ちいさなロボットの姿はなかった。シュロウがエネルギー・セルを探しているあいだ、ゲシールはドアの外で待つ。しばらくするとシュロウが満足げに笑いながらもどってきた。かれのうしろから円錐形のロボットが一体ついてきて、ひっきりなしにぺちゃくちゃしゃべっている。

「運がよかった」と、シュロウがいう。「こいつは倉庫の在庫リストをあますところなく記憶しているみたいだ」

「サラミ、レタス、アンチョビ」ロボットが、プロの呼びこみ人のように声を張りあげる。「トースト、ケーキ台、チューブ入り口糧。サルモネラ菌、硝石、棺桶屋」

「どうやら、ちょっと混乱しているみたいね」ゲシールはおもしろそうにいう。

「たいしたことじゃない」シュロウはうなり、反重力プレートに新しいエネルギー・セルを装塡した。「だいじなのは、必要なものを手に入れたことだ」

「棺桶カバー、棺桶釘、棺桶運び人」

「なんでいきなり棺桶のことばかりいうのかしら」ゲシールは不思議そうに訊く。「倉庫のなかにそんなものがあるなんて想像できない！」

シュロウが頭をあげ、

「振り向くなよ」と、ちいさな声でいう。「できるだけすみやかに、垂直に高くスタートするんだ」

すくなくともこういうことに関しては、シュロウを信頼すべしと学んでいたので、ゲシールは即座にスタートした。かれもすぐあとにつづく。見おろすと、円錐形ロボットがゴムボールのようにはねている。隣りの家の陰からいっぷう変わったマシンがよたよたあらわれ、トング状の腕でロボットをつかむと、胴体のスリットから飛びだした白いフォリオでつつみこんだ。そのあとからセメントのように見える粥状のものが出てきて、またたく間にロボットをおおう。完全にかたまってしまったロボットを、マシンは慎重に地面に置き、立ちあがると、探るようにゲシールとシュロウのほうを見あげた。

「あれは、なんなの？」ゲシールはあっけにとられる。

「棺桶屋だ」と、シュロウがいう。「あのおかしなロボットは棺桶屋を見つけるや、われわれに警告しようとしたんだ。あやうく、気づくのが遅きに失するところだった」

「あのマシンにどういう意味があるの？　棺桶屋なんて……完全にナンセンスだわ！」

「そうともいえない。あのマシンは、すさまじい感染症が蔓延した一惑星からのコレクションで……つまり、そこでは明らかにちゃんとした意味があったのだ。とはいえ、ときにはまだ死んでいない生物を梱包することもあったらしい」

「梱包後には確実に死ぬわけね」ゲシールはにべもなくいう。それから彼女の脳内にはっきりしない音が形成され、ぞっとする恐ろしさを感じ、気分が悪くなった。

ふたたび気分がよくなったとき、シュロウがじっと自分を注視しているのに気づき、居心地の悪さをおぼえた。

「おかしなロボットの運命のせいで気分が悪くなったとわたしに思いこませたいんだな」と、シュロウがいう。

ゲシールは恐怖に震えた。その恐怖は自分の恐怖ではなく、棺桶屋とはなんの関係もないことはわかっている。ふたつの非常に異なる印象が、時間的に偶然、重なり合ったことへの恐怖だ。

「エレメントの支配者が、近くにいるかもしれない！」彼女の口から思わず出た。

シュロウは目を細め、ゆっくりした口調で訊いた。

「どうしてそれがわかるのだ？」

「感じるのよ」と、ゲシール。

「ほんとうに？　怒らないでほしいんだが、わたしは信じられない。きみはミュータントではないだろう……そうだったらとっくに気づいていたはずだ。きみは寝ているときに、子供をおちつかせようとしゃべっていたぞ。妊娠しているんだな？　エレメントの支配者を感じることができるのは、きみの子供だ！」

ゲシールはすこしのあいだシュロウを見つめ、

「遅かれ早かれ、わかったことよね」と、つぶやく。「さ、わたしたち、ここから姿を消さなければ。エレメントの支配者に気づかれたくはないから」

「かれがとっくにここにいるんでなければいいが」

「いるわけがないわ。いたら、わたしはもっとずっとはっきり感じるはず」

奇妙だった……こうなったいま、シュロウが事情を知っていたという事実にゲシールはほとんど安心したといってもいい。

こんどもまた、シュロウが先行した。障害となるものがほとんどないので、もっと高いところを飛ぶときの速度で、地面すれすれを飛ぶ。低いところを飛ぶほうが発見されないと考えたようだ。そうなのかどうか、ゲシールには確信が持てなかったが、べつに不都合もなかった。

丘陵地帯は広大な草原に変わっていた。シュロウはすこしためらってから、ゲシールとならび、心配そうに訊く。

「いまはもう気分がよくなったかい?」

「だいじょうぶよ」と、ゲシール。

「エレメントの支配者はなにをしているのだろう?」

「わからない。いずれにせよ、いまはかれの気配を感じられないわ」

シュロウはなにもいわない。ふたりは言葉をかわさずに長いことならんで飛んだ。コンセプトは、なにか心配ごとでもあるのか、考えているようだ。ゲシールはなにも問いかけない。遅かれ早かれ、かれは自分から話しはじめるだろう。

草原はますます緑豊かに肥沃になり、あちこちでちいさな水面が輝いている。丈の高い葦や竹に似た植物が生えている湿地が視界に入ってきた。そのなかを、さまざまな惑星から集められたと思われる先史時代の巨大トカゲが、走りまわっている。テラにいるどれよりもはるかに大きいものもいる。右手に見えていた丘がだんだん高くなり、ふたりがすでに克服した場所よりも、もっと急峻で険しい山々が見えてきた。

乾いた場所に、あずまやのある庭があった。庭は豪華で、あずまやはまるでカットした巨大なダイヤモンドみたいにきらきらと輝いている。ゲシールがシュロウにそれを教えると、物思いに沈みこんでいたかれは驚いたように、

「罠だよ」と、つぶやいた。「あれもコレクションの一部だ。きみが生きることに疲れたなら、あのあずまやに足を踏み入れさえすればいい。エデンⅡの中枢部に近づくほどに、この種のがらくたが増えるように思うな」

「〝飛行する〟罠に遭遇しないかぎり、進めるわよ」と、ゲシール。

「遭遇することもおおいにありうる」シュロウが不吉なことをいう。「きみの子供はテレパスなのか？　きみは子供と話せるのか？」

「どうして訊くの？」

「われわれ、徐々にエデンⅡ中枢部に近づいている」シュロウはいう。「エレメントの支配者がなにをし、なにを計画しているのか、だんだん興味が湧いてきた。しかし、な

によりも、かれがどこにかくれているのかを知りたい」

「あらかじめ、予測しておかなければならないわね」

「ということは、子供はテレパスじゃないのか?」

「わからない。意思疎通するには、まだあまりにちいさすぎるから。これまでのところ、わたしたちのあいだのつながりは純粋に感情移入的なものよ。わたしは感情を受けとり、それを解釈しなければならない。そうしてようやく、なにがいいたいのかがわかる」

それは事実のすべてではなかった。しかし、ゲシールの脳に影響をあたえ、言語中枢に音を発生させる子供の能力に関しては、さしあたり驚くばかりで、まだ話したいと思うまでにいたらない。

「残念だ」と、シュロウ。「なぜエレメントの支配者は、あと数週間の猶予をあたえなかったのかな……そうすれば、おそらくきみたちのつながりは、きっとはるかに強くなっていただろうに」

ゲシールはなにもいわない。そもそも自分がそんなことを望んでいるのかさえ、確信が持てなかった。

「不安なのか?」シュロウが訊いた。

「もちろんよ」ゲシールは心ここにあらずで、「だけど、インパルス・アクティヴェーターがあるから……」

「いまいったのは、エレメントの支配者のことではなくて子供のことだ」と、コンセプト。「きみは、子供に不安を持っているのか？」

「それがあなたになんの関係があるのかしら！」

「まったくない……きみがそういうのももっともだ」シュロウはしずかに答えた。

　山岳地帯に近づいた。コンセプトの一群があらわれる。かれらを見てゲシールは突然、列をつくって足を引きずるように歩く奴隷みたいだと考えずにはいられなかった。そのとき、彼女は混乱して目をしばたたいた。コンセプトの横に、馬に乗った髭の男たちがあらわれたのだ。大きなターバンを頭に巻き、湾曲したサーベルを持ち、鞭を鳴らしている。コンセプトのうしろにはきらびやかな輿がつづき、カラフルな半ズボンをはいた東洋人がひとり空飛ぶ絨毯でやってきて、声高らかに述べた。

「かれらは世界ひろしといえども、最高の奴隷である！」

「とっとと失せろ！」シュロウがいらいらして見知らぬ男に声をあげる。「お願いだから、なにかほかのことを考えてくれ、ゲシール！」

　空飛ぶ絨毯の男は動きをとめない。ゲシールはとほうにくれた。

「これは芝居マシンだ！」シュロウは、奴隷商人に負けじと大声を張りあげる。「その丘の下にマシンがあるはず。マシンがきみの想像をとりいれて、それを映像化している。いいか？　きみがこの奴隷芝居以外のことを考えれば、シーンは変わるんだ」

「わたしは生まれてこのかた、空飛ぶ絨毯に乗った奴隷商人のことなんか考えたことないわ！」ゲシールは抗弁する。

「そんなことは関係ない。マシンはきみの好みに応じて詳細をいくつか生成する。いいか、われわれが芝居に巻きこまれる前に、きみはほかのことを考えなくちゃいけない」

かれはそれ以上しゃべれなかった。絨毯の男が忍耐を失ったのだ。ともかく、大鷹のように急降下すると、シュロウにつかみかかり、なんの苦もなく絨毯の上に引きあげた。無人となった反重力プレートがきりもみ状態になる。

ゲシールはプレートを追いかけ、重い足どりでのろのろ歩いていくコンセプトの一群の上に落ちる前に受けとめることができた。絨毯はと見まわすと、とまった輿の隣りに着地したところだった。でっぷり肥満した男が輿から這いずるように出てきた。数名の従者がクッションと大きな水パイプを持って急いでよってくる。一方、ほかの従者はシュロウを縛りあげて、あっという間に設営されたテントのなかに投げこんだ。

「これが事実のわけがない」と、ゲシールはひとりごち、「わたしはこの芝居に参加すべきなの？」

彼女は当該シーンの上空に浮遊していき、目を閉じて集中し、一群のコンセプトの列に関連してべつのことを連想した。災害地域からやってきて、早急に援助の手が必要な避難民たち……そうすると、彼女の目には文字どおり、難民テントや、薬剤を配ったり病人を安全な場所に運んだりする人々がうつった。

ゲシールがふたたび目を開けると、肥満男がこちらを見あげ、熱心に水パイプを吸っているのが見えた。

ゲシールは意を決して着地し、

「わたしの同行者を解放しなさい！」と、要求する。

肥満男はにやにや笑い、見間違いようのない手ぶりをする……身代金がなくては、ここではなにも解決しないという意味にちがいない。

「支払いますとも！」ゲシールは約束した。相応の支払いをするという彼女の演技を、芝居マシンが反映することをあてにして。

「まず、金だ！」肥満男は要求する。

彼女はセランのポケットをくまなく探すが、なにもない。芝居マシンは彼女をあっさり見はなしたのだ。

「もう、けっこうだ！」と、肥満男。「捕虜はまったくいないより、ふたりいるほうがいい。きっとだれかが、おまえたちふたりのぶんをはらってくれるだろう」

どういう意味かを即座に理解したゲシールは、すみやかに上方に飛び、安全をはかった。周囲を見まわすと、空飛ぶ絨毯がいくつか追いかけてくる。ゲシールは追跡者たちを撃った。自分が破壊するのは現実に生きている存在ではなく、マシンのつくったプロジェクションなのだと意識して。絨毯はすぐに燃えはじめ、炎と煙につつまれて落下する。その光景は、恐ろしいまでにリアルだった。

ゲシールは下をじっと見つめ、どうやってシュロウをこの罠から助けだそうかと考える。そのときはじめて、子供もコンセプトのことを心配しているのを感じた……ようやく嫌悪感を克服したように思われる。いいことだ。なぜなら、シュロウを置き去りにするほうがいいという結論だってありえただろうから。それは、ゲシールにとってけっして好ましいものではなかった……とくに、いまの条件下では。

さらに考えていると、下にあったちいさな陣地が解かれたのがわかった。奴隷が数人がかりで肥満男を持ちあげて輿のなかに入れると、隊列がまた動きだした。シュロウは頸のまわりに綱をつけられ、輿のうしろからよたよた進んでいく。

ゲシールにとり、選択肢はふたつだけだ。

芝居マシンは明らかにシーンを変更するつもりがないようなので、マシンを見つけだして操作を停止しなければならない。そうすれば、肥満男も付随するものもすべて消えて、シュロウは自由になる。

もうひとつの選択肢は、直接の攻撃だ。だが、この考えはかなり気にいらない。

ゲシールは丘と丘のあいだにマシンはないかと探したが、見つけたのは空飛ぶ絨毯に乗ったターバン男たちだけだった。彼女を待ちかまえて追いかけようとする。空飛ぶ馬がギャロップで接近してきたとき、ゲシールはもうたくさんだと思った。

そのあいだに、輿はコンセプトに追いついていた。シュロウはほかの〝奴隷〟のところへと追いたてられるが、自分自身の力で逃げるチャンスはひろがっていない。コンセプトたちが向きを変えて逃げだそうとせず、ここで起こっていることを気にするようすもないので、馬上で鞭を打ち鳴らす男たちはほとんど仕事がない。だが、それでもかれらは注意深かった。ゲシールは、シュロウが逃げだそうとして、いたたまれないほどの制裁を受けているのを見た。

「もう充分でしょう！」ゲシールはひとりごちる。

シュロウの反重力プレートを引きよせて、跳び乗り、急降下した。

「しっかりつかまるのよ！」

シュロウにそう叫び、かれの頭上で口笛を吹く。馬上の男に数発発砲し、急カーブを描いてもどり、減速。シュロウはチャンスを逃さず、すばやく反重力プレートに跳びついた。あまりにすばやい動作だったので、ゲシールはかれのために場所を開けるのがやっとだった。

「武器を！」シュロウはゲシールに向かって叫ぶ。

ゲシールはシュロウに武器を投げる、一分後には追跡者たちを厄介ばらいしていた。

「ぎりぎり、うまくいったわね！」ほっとしてゲシールが大きな声でいう。

「とんでもない……われわれはまだマシンの影響範囲から逃れられていない！」

そうはいってもゲシールは、虚像はこれ以上あらわれないだろうと期待したのだが、大きな影が顔にかかったとき、こんどもまたシュロウが正しかったと直感的に知った。見あげると……虚無から巨大な鳥が一羽出現し、鉤爪を伸ばして近づいてくる。見た目はひどく恐ろしげだが実際の存在にはなんの害もおよぼさないプロジェクションにすぎないなどとは、期待できないのだ。シュロウの背中の鞭打ちの痕は、まちがいなくほんものなのだから。

ふたりはできるだけ急いで逃げるが、鳥はますます近づいてくる。シュロウはほとんどの時間、下を見ている。

「あれを撃ち落として！」その鳥があまりに近づいたとき、ゲシールは叫んだ。

シュロウはかぶりを振り、恐ろしい鳴き声をあげて叫ぶ怪鳥の鉤爪のあいだを、ジグザグにカーブを切って飛びぬける。鳥はいらだち、わずかながら先を飛ぶゲシールは、シュロウはどこかと見まわした。かれは、まさに垂直降下しているところだった。

獲物が姿を消したので、鳥は怒りまかせに鳴きわめき、ゲシールを追ってくる。いまや非常に攻撃的になっていた。ゲシールは絶望的な気持ちで急激に方角を変え、急降下する。鳥がうまく対応できないことを期待して。しかし、猛禽（もうきん）はますます近づき……突然、消えた。

ほとんど信じられない。いつなんどき、なにもないところからあらたな危険が迫るかもしれないと思い、それにそなえてあらゆる方角に気を配る。そのとき、シュロウが丘の上に立ち、手を振っているのに気がついた。

「マシンを見つけたんだ」ゲシールがすぐ隣りに着地したとき、シュロウがいう。「ぎりぎり間に合った」

ゲシールはずっと下のほうに目を凝らす。クモの脚にのった巨大な戦車のような芝居マシンが、そこからのろのろと逃げていく。

「スイッチを切ったの？」と、ゲシールは訊いた。

「いや、それはできない。だが、マシンに近づきさえすれば、進行中の演目は終了できる。演目の終了後、数分間は安全だ。われわれ、マシンがきみの思考から次の芝居をこしらえる前に、その影響圏から出なければならない」

すこしでも休息を得られればいいのだが。シュロウははじめて、心底疲れているようすを見せた。最後の最後まで力を振り絞ったようだ。それでも、かれはためらうことなく自分のプレートに乗った。

安全な休憩場所を見つけるのに、一時間かかった。周囲を念入りに調べた結果、動物もいなければ〝それ〟のコレクションのマシンもなかった。

7

「これらのマシンは公共を害するものね」ゲシールがシュロウの傷の手当てをしながらいう。「〝それ〟がありとあらゆる風変わりなものを集めたことはわかるけれど、すくなくともこういった事故が起こらないように配慮すべきだったわね」

「かれにその責任はない」シュロウが簡潔にいう。

奴隷商人たちはシュロウをひどい目にあわせていた。こんなにひどい傷を負ったにもかかわらず、かれが反重力プレートに飛び乗れたことは、ゲシールにはほとんど信じられない。そのあとにしたことはいうまでもないが。しかし、なにより驚かされるのは、シュロウのストイックな反応だ。前はほんのちょっとした引っかき傷で大騒ぎをしたのに、いまは痛みがあることをおくびにも出さない。

とてもひどく痛むはずなのに。

「奇妙だ」シュロウが唐突にいう。「さっき、ほかのコンセプトたちのあいだにいたときは、突然、吸引力が強まったと感じた。いまはふたたび弱まっている。どういうことかわかるか？」

「いいえ」ゲシールは短く答える。

「わたしにはわかる。《バジス》の全乗員がネガ・プシによって行動能力を奪われたといったな……きみをのぞいて。どうしてそんなことが起こった？」

「子供よ」ゲシールはそっけなくいう。「子供がわたしを守ってくれた」

「ふむ。そしてわたしと会ったとき、その子はわたしのことも守った。そうだね？　きみたちは、〝それ〟のところに連れていってくれるだれかを必要としていた」

「子供はあなたを嫌っていたわ。あなたに不安をいだいたの。あなたじゃなくて、ほかのコンセプトを探したのだけど！」

「ほかにコンセプトはいなかったのか？」

「よく聞いて、シュロウ。わたしたちは……あら、なにをいってるのかしら……わたしは、あなたと会う前にふたりのコンセプトに会ったの。つまり、チャンスはほかにもあったってこと。あなたのほうが、より抵抗力があった。それがすべてよ！」

「いや、それは違う。たしかにわたしは吸引力に対してある程度までは耐えることができる。でもそれは、われわれが遭遇したミュータントにもいえることだ。それにもかかわらず、かれは吸引力の反対方向に進めなかった。わたしはずっとそうしてきたのに。だが、わたしもほかのコンセプトたちのあいだにいたときは、それができなかった……

きみが、ふたたびわたしの近くにくるまでは」

「それは仮説にすぎないわ」と、ゲシールは、「実際そうなのかもしれないけれど、証拠がない」

「きみなら証拠を手にできるはず」

「そうかしら？」

「そうだ。きみの子供から」

「さっきもいったでしょう。子供はまだちいさすぎて、意思の疎通はできない……」

「そういう能力を持つ子供ではないのか？　きみ自身はそれを信じていないようだが。きっと、その子はきみが考えている以上のことができる」

ゲシールは顔をそむけて黙ってしまう。

「おそらく、きみはそれを知りたくないのだ」シュロウは先をつづける。「きみは恐れている、ゲシール。すべてをブロックするのをやめたら知ることができるだろうものに対して、恐れをいだいている。子供がモンスターかもしれないと、恐れているんだ」

「そんなの嘘よ！」ゲシールは、とほうにくれた怒りをかかえていう。「それに、あなたにはなんの関係もない」

「いや、いまは関係ある。ほんの数分間でわたしは、ほかの者たちがどれほどネガ・プシに呪縛されたと感じているのかを知った。もう一度それを体験したいとは思わない。

しかし、同時にわたしは、きみの近くでも吸引力が増大しているのを感じる。きみの子供の力が弱まっているのだ。それはすくなからずきみ自身に起因しているのではないかと、わたしは疑っている。なぜなら、きみの不安が子供に不利な影響をおよぼし、その力を弱めているからだ」

ゲシールはシュロウに背を向け、ひと言も発しない。シュロウがいっていることは、ばかばかしくて不当だ。

「思いかえしてみると、きみと子供とのつながりは、ここエデンIIでも最初はいまよりはるかにうまく機能していた。子供がわたしを吸引力から守るのに忙しくなりすぎて、自分とコミュニケーションできなくなっているのではないかと、きみが疑いはじめる前のことだ。その例としては、カラグに対するきみの反応をあげればわかりやすいだろう」

「わかりやすいですって？　あのけだものはわたしを殺すところだったのに」

「あれが、それほどまでにきみを驚愕させたのか？」

「あなたが精神科医の役割をしてみても、信憑性があるとは思えない」ゲシールはすげなくいう。

「わたしが思うに、どうやらきみは自分自身をあざむいているようだ」

彼女は憤慨して振りかえるが、怒りをのみこんで、なんとかおだやかにかれと話そうとつとめる。

「シュロウ、わたしはこの子を愛していて、産みたいと思っている。夫とわたしが望んだ子なの。この子は健康だし、肉体的にもまったくふつうに発育している。はじめての子供なのよ。はじめて妊娠したとき、多くの女性がある種の不安と戦うものだと、医師たちが教えてくれたわ。わたしの反応は完全に正常なもの。子供もふつうの子で……」

「いや、そうじゃないし、きみはそれをよく知っている。きみはその子がふつうであることを望んでいるだけだ。その子の能力に不安を持っている」

ゲシールは深く息をし、頭のなかで十まで数え、

「じゃ、いいわ」と、できるだけしずかにいう。「あなたが正しいとしましょう……あなたの考えでは、わたしはどうしたらいいの?」

「整理するんだ。つまり、まずは自分自身を、次に子供との関係を。子供と自分は別個の存在だという事実を認め、それから子供の能力をまるごと受け入れる」

ゲシールはなにもいわない。シュロウの提案はたしかに悪くない。しかし、かれは自分でなにを話しているかわかっているのだろうか。

「きみがそうするのはとても重要だ」シュロウはつづける。「われわれ、エデンIIのほぼ中枢部まできている。きみがエレメントの支配者に会うのはそう先の話ではない……遅すぎたのでなければ。きみは全力を発揮する必要がある。もし失敗した場合、その結

果がどうなるかを考えてみろ！　きみはきみ自身と、子供とのバランスをたもたなければならない……そうでなければ、やりとげることはできない！」

「あなたはこの地域をとてもよく知っているのね。どうなの？」

「そうではないが、すべてを見通すことができる。しかも、わたしはコンセプトだ。ふたつの意識がひとつの肉体で生きなければならないのがどういうことなのか、経験値として知っている……そして、きみときみの子供の関係はそれにほかならない。一方の意識がもう一方の意識を抑制しようとすると、からだのバランスが壊れかねない。そうなると、必要な速さや確実さで反応できなくなる。さらには、通常は押しとどめられているほうの意識が、危険な瞬間に突如として非常に強力になることがある。インパルス・アクティヴェーターを標的に向けるのを、きみは子供にやらせるつもりなのか？」

「ひょっとしたら、そのほうがいいかもしれない」ゲシールがつぶやく。「この分野では、わたしよりこの子のほうが優秀だと思う」

「子供に対してなにか劣等感でもあるのか？　ゲシール、子供はとてもちいさくて、無力なんだよ。その子には、きみときみのからだが必要なんだ、生きるために！」

ゲシールは考え深げにシュロウを観察し、かれが変わったことを知った。その変化がなにに起因しているのか、わかる気がした。それは、かれが長いあいだ自身にそう信じこませていたほど、ほかのコンセプトたちとけっして異なってはいないということを、認識したからだ。かれはほかのコンセプトたちと同じように傷つきやすく、〝それ〟が存在しつづけることを必要としている。

「恐れているのはあなたのほうよ」ゲシールは断言した。

驚いたことに、かれは弁解せず、

「そうだ」と、しずかにいう。「わたしは恐れている。わたしはいつだってアウトサイダーだったし、それを誇りに思っていた。ここやほかのどこかで起こる大きな出来ごとと関わりを持ちたくなかった。〝それ〟ともだ。わたしは、エデンⅡで自由に生きる許可を〝それ〟から奪いとったと思いこんでいた。これ以上のものがほしいとはまったく思わない……ただ自分が生きたいように生きたいだけだ。後悔はこれっぽっちもないし、この先、生き方を変えようとも思わない。しかし、いまならわかる。エレメントの支配者が〝それ〟を亡き者にした場合、そうはいかなくなると。わたしは〝それ〟のことが心配だ。わたし自身のことが不安だから」

いや、シュロウはそれほど変わっていない、と、ゲシールは思う。かれはいまなお古いタイプのエゴイストだ。かれが理解しているのは、自分のエゴイズムが危険にさらされているということだけ。しかし、基本的にそれはどうでもいい。重要なのは、かれがなぜ助けてくれるのかではなく、現に助けてくれることなのだから。

「すこし寝たほうがいいわ」ゲシールはシュロウにいった。「ぐあいが悪そうよ。休んだほうがいい。わたしたち、まだまだやることがあるんだから」

＊

シュロウが寝ているあいだ、ゲシールはやわらかい苔(こけ)の上にすわって岩にからだをあずけ、内なる声に耳をすませた。エデンⅡにやってきて以来、そうしていた以上に集中して。耳にとどくのは自身の鼓動と血流の音だけ。子供からはなにも聞こえてこない。心のなかに見つけたあらゆるイメージと感情をたどったが、自身の意識以外に発すると思われるものはまったくなかった。

子供は寝ているのだという結論にいたる。そう考えると、妙に感動した。

一方、これは不安をともなう反応を引き起こさずにすべてを考えるチャンスだ。もちろんシュロウがいったことは正しい。ゲシールは不安だった……生まれてくる子供が彼女に明らかにした能力もそうだが、ほかにももっと驚くべき認識を得ることになるかもしれないと思うと、不安だった。この子にまだなにがかくされているか、だれにもわからないのだ。

生まれながらにしてこういう能力を持った者は、アウトサイダーになるしかないのか？　ふつうの人生は送れないのだろうか？

いまそんなことをくよくよ考えたところでなんの意味もないと自分にいいきかせるが、

気持ちは楽にならない。たしかに……自分がここエデンIIで失敗したら、なにもかも意味がなくなる。〝それ〟が抹殺されてエレメントの支配者が権力を得たら、未来がどうなるかなんてだれにわかるというのか！

それでも彼女はいまここで、自身と折り合いをつける必要があった……この点においてシュロウは正しい。いつだってそうだった。だから、かれのことが嫌いなのだ。だが、同時に感謝もしている。彼女のこれまでの人生で、これほど混乱したことはなかった。あるがままに子供を受け入れる……いうのはかんたんだ。しかし、どうやったらいいのか？　突然、ほかの存在がいだいた不安にうろたえたり、なにか決断するさいに……気づかずして……影響を受けたりすることと、どうやって折り合いをつけるのか？

そのとき、彼女の意識内にほんのつかの間、稲光が暗闇を引き裂いたように、ひとつの映像があらわれた。マグス・コヤニスカッツィだ。ゲシールは目を凝らし、その映像が消えたとき、不安に襲われた。

それは彼女の不安であり、子供の不安ではない！　子供の不安は、こだまのようにすこし遅れてあらわれる。

そして突然、ゲシールは気づいた、自分はずっと思い違いをしていた、と。

グルを名乗る者にまつわる不安とその映像を結びつけることは、子供にはまだできないのだ。子供はその映像を受けとり、ゲシールにわたすだけ。そのあとで、母親の感情に反応するのだ。とりわけ不安の感情に。なかでも、ゲシールが押し殺して意識にのぼらせないようにしている、例の不安に。

子供にはまだ独自の知性というものがない。子供の反応は計画されたものではなく、本能的なもの。このコンセプトに共感をおぼえなかったにもかかわらず、シュロウを同行者として選んだのは子供ではなく、ゲシールだ。そうすることで、彼女は自身と子供を不自然につらい状態にしてしまった。まだ生まれていない子供に彼女の嫌悪感を押しつけると同時に、シュロウがネガ・プシの吸引力に抵抗することを強いたのだから。

そのような相反することに対処するのは、子供にとって大変だったのはあたりまえだ。なんの不思議もない。

だが、ゲシールはゲシールで、そうかんたんにやめられなかったのだ。

しかし、いま彼女にできることがひとつある。基本的にはシュロウを好きにさえなったと認めること。かれは正直で……しばしば不快ではあるが、いい面もある。彼女をあざむこうとしたことは一度もない。かれはゲシール自身と、インパルス・アクティヴェーターをエレメントの支配者のところに運ぶという彼女の計画を、受け入れてくれた。そのときがきても、彼女を見捨てることはないだろう。彼女はそのことを知っていて、それをたよりにしている。これらすべてを子供に伝えるべく試みなければならない……思考情報としてではなく、感情で。彼女はシュロウを受け入れなければならない。そうすれば子供もかれを受け入れることができる。

子供自身はどうなのか？

子供は悪をなさない。子供はいかなる悪意も持たずに自分の能力を使っている。ひょっとするとこの先はどうなるかわからないが、いまのところすべて順調だ。

医師たちは女の子だといった。ゲシールは自分のちいさな娘を思い浮かべようとしたが、うまくいかなかった。心の目の前に、バラ色の赤ん坊が見える。それで充分だ。

子供の能力はわたし自身の利点でもあると、自分にいいきかせる。たとえばここエデンIIにあっては。しかし一方で、ここでは最大の危険にさらされている……

突然、この考えが思い浮かび、もっと早くにそう認識できなかったことに驚いた。彼女にはずっと、〝それ〟とその力の集合体、コンセプト、ネガ・プシに変えられたヴィールス船のヴィーロ宙航士、《バジス》乗員、そして自分自身を脅かす危険しか見えていなかった。これらの関連のなかで、子供のことはほとんど考えていなかった。すくなくとも、いま考えているほどには。

シュロウのいったとおりだ。わたしはこの存在に責任がある。奇妙な能力を持っているとはいえ、この子は自分で自分を守れないのだ。いまはまだ。

もし、わたしがエレメントの支配者に殺されたなら、子供も失われる……できることなら子供ともども《バジス》にもどり、どこか安全なところへかくれたい。

「だめよ」と、自分自身とまだ生まれてこない娘に対していう。「そんなの話にならないわ。でも、わたしはあなたに約束する。わたしたち、やりとげるって！」

ゲシールは襲いかかってこようとするすべての不安、すべての疑念をはらいのける。インパルス・アクティヴェーターに手を触れ、成功への自信を感じた。

その感情がこだまのように、彼女に返ってきた。

エレメントの支配者は相いかわらず過去のことを思い起こしていた。それを心地いいと感じる。

8

放浪の時代のあとにきたのは、精神の時代だ。空飛ぶ都市はほんのわずかしか存在せず、ヴ・アウペルティアの数はまだ数百万人だった。かれらは力を合わせて巨大宇宙船《方舟(はこぶね)》を建造する。それはかれらの技術的・科学的開発の頂点をしめすもの。ヴ・アウペルティアはそれぞれ不死性を獲得し、プシ力を完璧なまでに発達させていた。そこで、さらに獲得しなければならない最後の認識をもとめて宇宙船で出発したのだ。

旅をするあいだに、《方舟》船内にふたつの派閥が形成された。一派は肉体の維持を主張し、もう一派はヴ・アウペルティアが段階的に精神存在となる可能性を模索した。対立が生じた結果、精神化支持者が勝利をおさめ、反対派の代表は追放された。

第二の沈黙の時代に《方舟》は目的地に到着した。宇宙の果てでだ。ヴ・アウペルティアは肉体と精神の分離技術を完成させ、意識で時空を〝旅する〟可能性を発見した。かれらは集合意識の利点を認め、超越知性体となることを夢みた。しかし、進化を人為的に加速させ、いわば一夜にして野心的な目標に到達せんとする試みは失敗し、数万年にわたるあきらめの時代がつづく。その後、意識の旅のあいだに、ある宙域を発見した。宇宙が崩壊しているように思われる場所……ネガスフィアだ。

ネガスフィアへの旅とその調査が、〝最後の時代〟とも呼ばれる、偉大なる時代の幕開けだった。ネガスフィアに滞在するヴ・アウペルティアの精神化は加速。ついにかれらは肉体という殻から解放され、集合意識を形成して、それに自分たちの出自である種族の名を冠した。

ヴ・アウペルティアはここではじめて、宇宙のモラルコードや〝トリイクル9〟に関する知識を得、ネガスフィアが生まれた理由について知った。ネガスフィアはトリイクル9の変異が原因で出現したのだ。ヴ・アウペルティアはネガスフィア内の宇宙が崩壊するさいに生じるエネルギーを使うすべを学び、絶対移動の手段と、宇宙の任意の場所で実体化する能力を獲得した。

しかし、それにより完全な依存性におちいった。なぜなら、ヴ・アウペルティアは力のすべてを、ネガスフィア内における特殊な状況に負っていたからだ。モラルコードが修復され、ネガスフィア内の状況が正常化すれば、力のすべてを失うことになるだろう。

かくして、かれはコスモクラートに宣戦布告することになる。

以来、ヴ・アウペルティアの目的はひとつだけになった。ネガスフィアを維持すること、そして可能であれば、宇宙のさらなる領域にネガスフィアを拡張することだ。

この目的のために戦力の構築が開始され、エレメントの十戒が編成された。ヴ・アウペルティアはエレメントの支配者となったのだ。

それにより、かれは権力の頂点に達し、純粋意識として存在することが可能になった。しかしまた、好きなように物質的な姿をとることもできる。かれは絶対移動の能力により、瞬時にして膨大な距離を移動し、ヴ・アウペルティア種族が開発したあらゆる分野のプシ力を自在に使いこなす。さらに、エレメントの十戒という、かれの諸計画を実現する助けとなる軍事手段を所有している。

その力の源であるネガスフィアが危機に瀕していた。エデンIIが最後のクロノフォシルとして活性化すれば、トリイクル9が元来の場所にもどり、エレメントの支配者はおいてけぼりを食うことになる。

しかし、〝それ〟が存在しなければ、エデンIIが活性化することはない。エレメントの支配者は、最後の決定的な一撃によっておのれの存在を揺るぎないものにする準備ができている。

過去のことを考えるのをやめ、現在に目を向けるときだ。

エレメントの支配者は、下の岩だらけの斜面のあいだで湧きたつ霧を見つめた。見ているあいだに明るくなって霧は晴れ、いままでかくれていたものが姿をあらわした。岩だらけの荒地には、元来、生命がほとんど存在しない。

それにもかかわらず、そこにはたくさんの動くものがいる。

エレメントの支配者は笑った。

あれは明らかに超越知性体が最近、動員した者たちだ。ヴ・アウペルティアが恐怖をおぼえる相手ではない。そこにはありとあらゆるマシンや、マシンよりもさらに混乱している多くの動物たちがうろついていた。不適切な環境におかれ、どうしたらいいのか、わからないでいる。

お笑いぐさだ。自分のプシ力は、こんなおもちゃよりはるかにすぐれている。マシンをばらばらにし、動物を追っぱらってやろう。そうすることで、将来この半球惑星に近づいてくるだれに対してであれ、エレメントの支配者は〝それ〟に近づくためにかれらを抹殺する必要さえなかったのだと、しめすことになるだろう。

敵がかくれている要塞が見える。

敵だと？

〝それ〟はもはや敵などではなく、いまや無力な犠牲者にすぎない。断末魔の苦しみのなかで、死の一撃を待っているだけのこと。

それとも〝それ〟にはまだなにか切り札があるのだろうか？

そのとき、エレメントの支配者はほんの一瞬だけれど、極細の針でちくりと刺されたような〝なにか〟を感じた。感じるか感じないかの程度で、どうやらずっと遠くにあるようだが、まちがいなくそこに存在する。プシ力を持ったなにかが。

エレメントの支配者は要塞をじっと見つめた。〝それ〟は無力だ……確実にそう感じる。超越知性体の意識はネガ・プシの吸引力により、目に見えて崩壊し……もうとっくに自身を守ることができなくなっている。そしてまた、逃げることもできない。

いや、〝それ〟からは、なんの脅威も感じない。

その〝なにか〟は、反対方向からくる。半球惑星の辺縁部から。とにかく、ネガ・プシに抵抗できる充分な強さがある。

もちろん、エレメントの支配者になにひとつ危害をくわえることはできない。そのプシ力は些々たるもので、きわめて集中しなければほとんど認識できない程度だ。

しかし、敵はこれまで何度もエレメントの支配者のもくろみをつぶし、非常に確実と思えた反クロノフォシル化をくりかえし防いできた。それは考慮されなければならない。

そして、エレメントの支配者自身がエデンⅡにきたのには理由がないわけではない。エレメントの十戒は、支配者に約束したことを実行できなかった……敵がいかに粘り強く巧みに、不快なまでに成功したかをしめしただけだ。

なんであれ、ここ、エレメントの支配者が最大の勝利をおさめようとする地で、あえてこちらに対峙しようとするとは……ちっぽけで弱々しい無力な相手であるわけがない。一見そう思えたとしても。

まともな魚なら、みずから進んで腹をすかせた鮫に近づいたりはしない……そして、エレメントの支配者は世のなかの鮫をぜんぶ集めたより危険だ。かれはそれをよく知っていた。この〝なにか〟をかんたんに破壊できる。だが、まさにそれゆえに怪訝に思う。かれは、その〝なにか〟を破壊する前に、詳細に観察することにした。危険でなければ……さらにいい。しかし、もし危険ならば、それにさらされる前に知っておくほうが安全というわけだ。

相手はおそらく、行き先を間違ったコンセプトだろう。そしておそらく理性を失い、自殺的な試みに出て、主にして師である存在を助けるために急いでいる。もちろん、そのようなことができるはずはない。ネガ・プシの吸引力で、その種のアクシデントは効果的に防げるはずなのだから。

しかし、それはけっしてわからないではないか。エレメントの支配者にとって、よりによっていま油断するのは、リスクが高すぎる。

エレメントの支配者はいかなる感情も自己批判もまじえず、自分がミスをおかしたことを認めた。あんなにまで仔細に来し方を思いだしたりするべきではなかったのだ……この場で、このタイミングで。あとから、これらの記憶にひたる充分な機会があったはずだ。

いまさら、それについてはなにも変えられない。起きてしまったのだから。記憶をたどるあいだもずっと、コンセプトや《バジス》のことを心にとどめておかなければならなかったのに、しくじった。コンセプトや《バジス》のことはかたがついたと思っていたのだ。だが、いま〝なにか〟がやってくる。それがどこからきているのか知らないし、位置を確認するのもむずかしい。なぜなら……

そのとき、また感じるものがあった。こんどもまたプシ力でちくりと刺されたような感じだったが、最初に感じたのとはまったく違っていた。それは、ネガ・プシに向かうのではない方角へ遠ざかる、べつの源から発している。

エレメントの支配者は待った。これだけではあるまい、と、予感したから。予感は正しかった。ほかにもプシ・レベルで感じるものがあったのだ。さまざまな方角からくる。遠くからも、近くからも。

〝それ〟をそうやすやすと打ち負かすことはできないと、知っておくべきだった。動物やマシンの群れは、無力だというサインを送る陽動作戦以外のなにものでもない。エレメントの支配者に、自分は安全であると思いこませるためのものだったのだ。

だが、だまされたりはしない。自分がいくつかの微弱なプシ源に関わっているにすぎないことはわかっていた。〝それ〟は要塞にいる。ひょっとして要塞の外にいると思わせたいのかもしれないが、そうではない。

　エレメントの支配者は、出かけることにした。ちくりと刺すプシオン性のひと突きの源を探りだして、破壊するために。

9

ゲシールが目をさますと、アジア人的容貌の痩せた男ひとりがいた。外見上の違いはあるものの、すぐにタコ・カクタを思い起こした。

「わたしはキタイ・イシバシ」と、その男はいった。「この近くであなたを待っていた」

ゲシールは安堵の吐息を漏らす。こうなることを願っていたのだ……エデンIIの中枢部の近くで、自分を助けてくれるだれかがきっと見つかるだろう、と。

「わたしはいろいろなコンセプトと連絡をとっている」イシバシは先をつづける。「そのほとんどがミュータントだ。われわれ、ネガ・プシの影響で手も足も出なくなっているので、あなたのためにできることがあまりない。だが、助けようとしてみる」

そこへシュロウがやってきて、苔の上にすわる。気むずかしい顔をしている。

「エレメントの支配者はすでに要塞を見つけたが、まだ〝それ〟を攻撃していない」と、ミュータント。「もう攻撃していいものか、あるいはもうすこし待つべきなのか、確信が持てないようだ。ひょっとするとなにか全然べつの理由があるのかもしれないが。かれが強力なプシ力を駆使できることは知っている。そこで、われわれがかれの注意を〝それ〟からそらし、要塞の近くから誘いだせればいいと思っている。首尾よくいけば、ここにおびきよせることができ、あなたにインパルス・アクティヴェーターでかれを撃つチャンスが生まれる」

「自分を犠牲にするつもりね」と、ゲシール。「そんなの意味ないわ。それなら、わたしたちにだってできる」

「かれがわたしを近くのネガ・プシに投げこむ以上のことをするとは思わない」イシバシは驚くほど平然という。「この妖怪にとどめを刺さなければ、いずれにしろ、わたしはネガ・プシに行くことになる。うまいぐあいにエレメントの支配者を排除し、プシクロトロンを破壊できたなら、ネガ・プシはヴィールス船にもどり、コンセプトは解放されるだろう。そうできなければ……」

かれは意味ありげなジェスチャーをした。

「わたしが思うに、きみたちは敵を過小評価している」と、シュロウ。「そもそも、やつの気をそらすことができるかどうか、わかったものか。仮にそうできたとしても……やつは、すぐそばまでこなくとも、きみたちを滅ぼすことができる。きっと、そうするつもりだろう。なぜなら、自分の思いどおりにきみたちが反応しないから」

「どうやら、やつのことをよく知っているようだな」イシバシがほほえみながらいう。

シュロウは無表情にイシバシを見る。しかし、なにもいわない。

「で、それはいつはじめるの？」ゲシールは訊いた。

「いま、この瞬間に」と、ミュータント。「すこしだけ後退していてくれ。そのほうが、あとでいいポジションがとれる」

彼女は立ちあがり、その場からはなれる。いまはもうなにもいうべきことはないとわかっていた。決定はなされたのだ。いまこの瞬間、もっといい準備ができていたらよかったのだが、彼女は、エレメントの支配者に関してあまりに知らない。でも、できることはすべてやった。罠は準備された。あとは待つしかない。

「ミュータントたちが見落としていることがひとつだけある」シュロウはゲシールのあとにつづきながらいう。

「かれらはベストをつくしているわ」ゲシールは、イシバシがシュロウのいうことを聞いていないと確信したあとで、「命をかけているのよ。かれがそのことをはっきりいいたくないにしても」

「いいだろう。だが、きみのほうはどうなんだ？　エレメントの支配者は、プシ力を持つきみの子供を嗅ぎつける恐れがある。やつがどんな陽動作戦にも引っかかることなく、突然きみの前にあらわれた場合にそなえ、しっかり準備しておくべきだ」

ゲシールは立ちどまり、シュロウを見てため息をつき、

「あなたのいうとおりね」と、いう。「わたし、どうすればいい？」

「しずかにしていなくてはいけないということを、子供にわからせる努力をしなければ。その子が、エレメントの支配者の注意を引くことがあってはならない」

かれはためらったが、インパルス・アクティヴェーターをさししめし、

「これをメンタルでコントロールできるということを確信しているのだな？」

「ええ」

「ためしてみたか？」

ゲシールはアクティヴェーターを持ちあげ、シュロウの前で持ち、集中してからはなした。槍状装置は空中に浮かび、びくともしない。

「わたしもためしてみたが、わたしの手に負える代物ではなかった」シュロウは意気消沈してつぶやく。「残念だ。わたしはほとんどきみを助けることができない……直接攻撃できるくらい、エレメントの支配者がわれわれのすぐ近くにくればべつだが」

「だけど、わたしはそれを望んでいないわ」と、ゲシール。岩の上にすわって目を閉じている。シュロウはゲシールの手からアクティヴェーターを受けとり、彼女が胎児と話そうとしているあいだ、見張りをした。

〈おとなしくしててね〉彼女は集中して考える。〈なにも、だれも、恐れなくていいの

よ。わたしがここにいて、あなたを守っているのだから。しずかにしててね、わたしのおちびちゃん！〉

彼女は待つ。すると突然、心の目に、寝ている赤ん坊があらわれた。これから生まれてくる娘を想像しようとしたときに見たのと同じ姿だった。

「ええ」彼女はほっとしていう。「それでいいのよ」

「きみは子供と意思疎通できるんだな」と、シュロウ。

ゲシールはシュロウを見て、突然、ほほえみ、

「そうよ」と、いう。目前に迫った戦いで、子供になにも起こらないようにと願った。

＊

ふたりは長いあいだ待った。まったくなにも起こらない。奇妙な状況だ。かれらは、これ以上に平和な光景は思い描けないと思われるなかに立っていた。大型動物はいないし、奇妙なマシンも見えない。このような状況下で危険が迫っているとは考えがたい。

「やつはこない」シュロウが考え深げにいう。「危険を嗅ぎつけたのだ。こんな単純な罠に引っかかるんだったら、あまりにおろかすぎる。わたしがかれだったら、まず〝それ〟をつぶす。きみたちとなら、そのあと、いつだって関われる」

「待ってみましょう」ゲシールがつぶやく。

しかし、彼女もしだいにおちつかなくなってきた。時間がかかりすぎる。子供ががまんできなくなり、なにかをしでかし、エレメントの支配者を刺激するのではないかと恐れた。子供はまだちいさすぎて、状況を理解できず、ずっとしずかにしてなどいられない。それにゲシールの集中力だって、時間経過とともに衰えてくるにちがいない。

「なにか手違いがあったのかも」ようやく彼女もそう考える。すこしためらってから、キタイ・イシバシのいる場所に行き、

「どうなっているのかしら？」と、訊く。

ミュータントは困惑しているようだった。

「われわれ、プシ力をかれに集中させ、実際に敵の気を〝それ〟からそらすことができた」と、かれはいう。「だがいまは、こちらに対するいかなる関心もなくしているようだ。わけがわからない」

「わたしにはわかる」と、シュロウ。「われわれ、この領域でかなり前からもう全然コンセプトを見かけない……かれらは全員、要塞からはるか遠くにはなれている。エレメントの支配者がこれを見逃すはずがない。このプシゲームを開始したときには、かれは、きみたちが進撃してくると思ったかもしれない。だが、いまはきみたちが近づいてこないと知っている。したがって、もう危険は過ぎ去ったものと認識しているのだ」

「断じて、まだ過ぎ去ってなんかいない……すくなくとも完全には」と、ミュータント

が抗弁する。「かれはまだ待っているのだ」

「それは、敵が用心深いことをしめしているにすぎない」シュロウがいいかえす。「望むなら反重力プレートを貸す。すこしだけ近づいてみたら、かれがどう反応するかわかるというもの！」

「それはできない」ミュータントは沈んだ口調でいう。

「吸引力か？」

イシバシはうなずく。

「引きこまれそうになるのを、かろうじてこらえることはできる」と、つぶやくようにいう。「だが、打ち勝つことはできない」

「ほかの人たちはどうか？」

「一部の者たちはそれすらできずに回避している。むろん、ゆっくりとしかできない」

かれは眉をひそめ、シュロウを見つめ、訊く。

「どうしてきみは吸引力を感じないでいられるんだ？　明らかに自由に動けている！」

シュロウはゲシールに問いかけるような視線を向けたが、彼女はかぶりを振っただけだった。ミュータントを保護することが子供に可能なら、とっくに反応があったはずだと確信している。子供の力は、そうするには明らかに不充分なのだ。カクタはすくなくともまだ安定していたようだったが、イシバシはそうではない。

「どうしてきみが行動しないのか？」イシバシは迫るような口調でいう。

「わたしにはプシ力などない」シュロウはありのままをいう。

「ひょっとすると、いまはそれはまったく必要ないかもしれない」イシバシはいう。「エレメントの支配者は懐疑的になっている。命あるものが自分に近づいてくれば、それにプシ力があろうがなかろうが、気づくだろう」

シュロウはためらう。イシバシの考えが気にいらないのは明々白々だ。ひとつには、子供の影響範囲からはなれたら、自分がとたんに吸引力に完全に捕らえられることを恐れているるちがいない。ふたつには、かれは心底ゲシールのことを心配しているようだ。

ゲシールは決断した。

「いっしょにやってみましょう」と、いう。「エレメントの支配者が反応をしめさないのなら、どっちみち、わたしのほうからかれに向かっていくしかないのだから」

シュロウはかぶりを振り、

「まずはためしてみよう」と、受け流す。「そいつがほんとうにそんなに警戒心が強いなら、わたしがほんのすこしかれに向かって飛びさえすれば、おそらく充分だろう」

そういうと、反論を待たずに飛びだした。

次の瞬間、ゲシールは爆風に襲われたような感覚がした。しかし、そよ風すら吹いていない。まったくの無風だ。

ミュータントがうめき、うずくまる。ゲシールも一瞬、強い精神的な圧迫を感じたが、すぐに消え去った。すくなくとも彼女からは。しかし、イシバシはそうではないようだ。地面に倒れて這いつくばり、苦労しながら立ちあがると、一度も周囲を見まわすことなく走り去った。

シュロウの姿はもうどこにも見あたらない。かれがどうなったのか、ゲシールは見ることはできなかったが、もはやそれを心配する時間もなかった。

エレメントの支配者が反応し、その強大な力をしめしたのだ。これ以上この恐ろしい存在に近づいたりしたら、もう子供にも自分を守ることはできないのではないか。エレメントの支配者が、おのれの介入の成功を確認するために出てくることを、ゲシールは望んだ。そうすれば不意打ちを食らわすことができるかもしれない。

しかし、かれはあらわれない。

ようやくシュロウを見つけたとき、もう時間の猶予はないと、はっきりわかった。シュロウはすでに、ゲシールにはとめることができないほどの猛スピードでネガ・プシに向かっている。子供の保護が期待できる影響範囲から出てしまった。もう一度かれを捕まえるには、子供はすでに疲れはてている。

「わたしたちだけになってしまった」ゲシールは自身と、これから生まれてくる子供に向かっていう。「わたしたちを助けてくれることのできるコンセプトはもういないんだと思う。計画は失敗したのよ。のこされた方法はひとつしかないわ」

彼女はインパルス・アクティヴェーターを握りしめ、スタートする。

奇妙なことに、彼女はこのとき恐怖から完全に解放されていた。大きな自信がみなぎっている。手に握ったインパルス・アクティヴェーターが、ほとんど生きているみたいに温かく感じられた。エレメントの支配者の近くにいることを武器が感知し、その所有者を助けているのだと、ゲシールは予感した。

二百メートルほど進んだところで、着陸しろというインスピレーションを得た。彼女はそうする。足もとにかたい地面を感じたとき、エレメントの支配者が眼前に実体化した。

かれはマグス・コヤニスカッツィの姿をたもっている。微風がそよぎ、着ている長くて白いローブのひだが揺れた。片手にプシクロトロンのグリーンの水晶玉を持ち、もう一方の手を挨拶するようにあげて、岩の上に立っている。親しげだが、同時に真剣な目でゲシールを見ている。

「わたしを滅ぼしにきたのだな」朗々とした、とてもやさしい声でいう。「その願望を吹きこんだ邪悪な力からはなれ、わたしについてくるのだ。幸福と永遠の平和で報われよう！」

ゲシールはこわばった。慈悲深い目が彼女をとらえてはなさず、手のなかのインパルス・アクティヴェーターが重くなってきて、おろさざるをえなくなる。いちばんいいのは、これを捨てることだ。いまとなってはもう必要ないのだから。武器は不必要な重荷と化し、手から滑る。彼女はエレメントの支配者に近づいていくあいだ、それを引きずって歩いた。特別な意図があってのことではなく、ただ純粋に習慣として。

「歓迎する」エレメントの支配者はそういって、慈悲深くほほえむ。かれはゲシールに手をさしだし、彼女もその手を握ろうとするが、もうすこし距離がある。

あと二歩。

かれは前かがみになり、驚いたような表情を目に宿して彼女を見つめた。突然、笑みが消えた。

「おまえの子供」と、いう。「わたしを悩ませていたのはおまえの子供だ!」

かれの目は燃えあがり、同時に、やさしく暗示的な声で築きあげた呪縛も消えた。ゲシールはだしぬけに恐怖におちいり、エレメントの支配者の罠にかかってしまったのだと気づいた。かれとの隔たりはたった一歩しかない。

インパルス・アクティヴェーターは手からほとんど落ちていた。指のあいだにセクスタゴニウムの槍先を感じて、さっと握りなおす。先端のすぐうしろをつかんだ。黒い金属製の二メートル長の槍が回転し、ちょうどエレメントの支配者がゲシールに手を伸ばしたとき、槍先がプシクロトロンに当たった。

リンゴ大のグリーンの水晶玉が粉々になる。破片はぎらぎら光る閃光となり、ゲシールは地面に投げだされた。エレメントの支配者がからだを揺らしている。

すべて終わりだと、ゲシールは知った。あざむかれたのだ。エレメントの支配者から発せられるメンタル性圧迫を感じる。それが、彼女を圧迫し、押しつぶそうとする。もう、目の前の、グリーンののこり火以外なにも見えない。

インパルス・アクティヴェーターが！

武器が、彼女の手から滑り落ちていた。これでプシクロトロンを破壊することはできたが、閃光のせいで手から落ちたのだ。

のしかかる圧迫が強くなる。もう息が吸えない、これ以上はなにもできないとわかった。こうなってはすべてが遅すぎる。

身をよじる……すると突然、内なる目にアクティヴェーターが見えた。彼女の横に転がっている。エレメントの支配者はそれに触れようとはしていない。

それとも、かれは彼女をからかっているのか？　とっくに身の安全をはかっておいて、なにかを信じこませようというのか？

わからない。

彼女は、アクティヴェーターが高くあがり、ほんものの槍のようにエレメントの支配者に向かって飛ぶようすを思い描く。輝くセクスタゴニウムの槍先が進んで、かれに当たる光景がはっきりと見えた、眩惑された視覚器官ではなく、心の目で。

彼女は見た。アクティヴェーターがエレメントの支配者に向かっていくさまを。この不気味な存在がプシクロトロンの破壊によって苦しみ、それから逃れようとして、できないでいるさまを。

セクスタゴニウムの槍先がエレメントの支配者に触れ、かれと融合する。

ゲシールの内なる目にうつった光景が消え、直後に発せられた叫び声を彼女は聞く。

それから、まわりが暗くなった。

10

　ゲシールが最初に考えたのは子供のことだった。あえて目を開けたり動いたりせず、その場にじっと横たわったまま、まだ生まれていない娘のなんらかの生命の兆候を待つ。長い時間、彼女はなにも感じず、絶望に近い状況だった。それから、ようやく……自身の恐怖のエコーを感じた。彼女は思考のなかでおちついた言葉をつぶやき、安堵の吐息をついた。心の目に《バジス》の自室キャビンが見えたのだ。

　子供は家に帰りたがっている。彼女だって同じだ。

　慎重にからだを起こす。目の前にはまだまばゆい点が躍り、耳には雑音が聞こえてくる。しかし、もうそこにエレメントの支配者はいないとわかった。かれが立っていた岩も消えていて、黒くなった岩の破片がその場所をおおっている。

　ふらつきながら立ち、あたりを見まわすが、不気味な出来ごとのさらなる痕跡はない。プシクロトロンはなにものこっておらず、グリーンのクリスタルのごくちいさな砕片すら見つからない。

ひょっとすると、自分は幻覚を見たにすぎないのかもしれないと、彼女は思う。エレメントの支配者が、おちついて〝それ〟を倒したのちに撤退するため、自分は消滅したと彼女に信じこませただけかもしれない。

しかし、インパルス・アクティヴェーターもなくなっている。

すぐそばがざわざわと騒がしくなり、彼女は驚いた。なにかが藪の枝をかきわけてくる。岩のあいだにひとりの男があらわれた。

この男は見たことがない。ゲシールは不審の目を向ける。

「なにがあった？」見知らぬ男は訊き、不思議そうにあたりを見まわす。「ここで戦いがあったかのようだ。そして、わたしは吸引力をもう感じない」

「プシクロトロンはもう存在しないわ」ゲシールは朦朧（もうろう）としたままいう。「ネガ・プシは吸引力を失ったのよ」

コンセプトは、耳をすましているように頭をかしげた。

「それだけではない」と、コンセプト。「ネガ・プシが消えている。ヴィールス船にもどったのだ。船はエデンⅡの近くからいなくなった」

ゲシールは戦慄をおぼえて、エレメントの支配者のことを考えた。かれはそれを脱出ルートにしたのだろうか？　とっくにヴィールス船の一隻で逃げたのか？

「そうではない」と、コンセプト。「かれは逃げていない。すくなくともその方法では」

「わたしは疑問を声に出していないのに」ゲシールは不審そうに、「あなたはどうやって答えられたの？　テレパスなの？」

コンセプトは、いまはじめてゲシールに気がついたかのように彼女をじっと見つめ、「わたしはどうやってここにきたのだろう？」と、たずねる。「きみはだれだ？」

ゲシールは返答できなかった。コンセプトが一瞬にして消えてしまったからだ。

ゲシールは、疑問に対する答えを自分で探す必要があると判断し、戦場を去る。エデンⅡでやるべきことはもうなにもない。帰ることにしよう。たとえエレメントの支配者がポルレイターの武器から逃れていたとしても、それに対処しなければならないのは、ほかのだれかだ。いずれにせよ、インパルス・アクティヴェーターがなければ、彼女はなにもできない。

そのとき、膨大な数のコンセプトの大群を見て、驚いた。あらゆる方角から急いでやってくる。丘はかれらで埋めつくされ、あちこちにグループができていた。無言で立ち、なにかを待っているようだ。

そして、かれらも消えた。

数秒後、なにが起きたのか彼女は理解した。〝それ〟がコンセプトたちをみずからのところに連れもどしたのだ。

これの意味することはただひとつ。ネガ・プシだけでなくエレメントの支配者も、もはやエデンIIになんの影響もおよぼしていないということ。〝それ〟は救われたのだ。安堵のあまり、目に涙があふれた。エレメントの支配者がどうなったにしろ……危険は去った。すくなくともいまは、そしてしばらくは。あるいは、永遠にかもしれない。

〝それ〟がまた不意打ちを食らうことはないだろうから。

シュロウはどうなったのだろうか。かれもまた、うまくいったのならいいのだが。

「みんな、うまくいった！」と、声がする。ゲシールはその声の主を知っていた。

混乱してまばたきする。彼女はもう丘の上に浮遊しておらず、とても大きいホールに立っていた。壁、アルコーヴ、台座のあらゆるところに、さまざまな文明の人工物がある。奇妙な装置やマシンが這いずったり、よたよた動いたり、ぴょんぴょん跳びはねたり、あちこち飛びまわったりしている。その場で動かないものもいる。

「ここは話をするのに最適な場所ではないし、きみを丁重に招くこともできなかったが」と、声。「そのあたりは大目に見てほしい。ほかに方法がなかったのでね」

「あなたは〝それ〟ですか？」ゲシールはためらいがちにたずねる。

「もちろん、わたしだとも！」

しかし、声の響きはいつもとは違っていた……疲れ、疲労困憊し、すこし悲しげだ。

「エレメントの支配者はもはや、わたしにとって危険ではない」〝それ〟がいう。「きみの救援に感謝する。プシクロトロンを破壊してくれたおかげで、ネガ・プシが消えた。混乱していたコンセプトたちも解放され、わたしのもとに帰ってこられた。ただ残念ながら、ヴィールス船はこの出来ごとのメンタル性影響によって押し流されてしまい、わたしはそれを防ぐことができなかった……しかし、それは乗員たちが望んでいたことなのだと思う。かれらは、とにかく宇宙へ出ていきたかったのだ」

ゲシールは驚きながらうなずく。

「きみが《バジス》にもどったら、そこでもすべてなんの問題もないとわかるだろう」

〝それ〟はつづける。「そこで、感謝のしるしに、きみにささやかなプレゼントをしたい」

ロボット一体が急ぎ足でやってきて、格調あるビロードのクッションの上にのった細胞活性装置をゲシールに授けた。

ゲシールはあまりに驚き、まだ戦いのあとの混乱ものこっており、なにもいうことができなかった。

「これは、かつてオヴァロンのものだった」と、〝それ〟はいう。「わたしはこれを持ち帰り、修繕した……いまはもう正常に働く」

「感謝します」ゲシールは無意識にいっていた。

「だがこれは、わたしがそもそもきみをここに連れてきた理由のすべてではない。わたしは長いあいだ麻痺していて、とても弱っている。休養が必要だ。わたしにいま欠けているものは、癒しの睡眠と表現してもいい。この睡眠は、きみたちの時間でおよそ六ヵ月つづく。最後のクロノフォシルを活性化するのに充分な力を集めるには、それだけの休養期間が必要なのでね。そしてまさにそれこそが、きみがいまここ、わたしの要塞にいる理由だ」

ゲシールは驚いて目をあげ、なにかがうまくいっていないと感じた。エレメントの支配者に襲撃された〝それ〟のダメージは、最初に思ったよりはるかに大きいようだ。

「わたしは衰弱がひどくて、ペリー・ローダンとメンタル・コンタクトをとることができない。そういうわけだから、きみがかれにメッセージを伝えてくれ。できるだけ急いで《バジス》にもどり、けっしてわたしの助けなしにエデンIIを活性化させてはならないと、かれにいうのだ。今回の活性化はとても危険で厄介な作業になる。エデンIIが活性化したら、最終的にフロストルービンの封印が解かれるため、予測のつかない副作用が生じる恐れが非常に強い。そしてわたしは、睡眠から目ざめるまでは助けてやれない」

「急ぎます」ゲシールは約束する。「おまかせください」

〝それ〟はなにもいわない。

「細胞活性装置をありがとうございます」ゲシールはためらいがちにつけくわえる。

「だれにもこのことをお話しにならないでください。わたしはこのプレゼントをみんなに秘密にしておきます……ペリー・ローダンにも。だれにも知られたくありません。この細胞活性装置はいずれわたしの娘のものになります」

返答はなかったが、〝それ〟は彼女がいったことを理解し、こちらの願いを尊重していると、ゲシールは確信していた。

ゲシールは要塞を出た。そのさい、宇宙コレクションのすべての構成要素がもどってきているのを確認した。〝それ〟は眠りに落ちる前に、すくなくとも、そうするだけの力は持っていたようだ。

そしてコンセプトも、べつのやり方ではあるが、もどってきた。彼女が《バジス》にもどるとき、いたるところにコンセプトのグループが見えた。かれらはもうずいぶん前からネガ・プシの致命的な吸引力の支配下にはなく、平和におちついてエデンⅡの中枢部へともどっていく。だが、そこへ実際に到達する必要もなかった……グループは次々に消えていった、最初から存在しなかったかのように。〝それ〟がコンセプトをふたたび受け入れたのだ。

シュロウにも同じことが起きるのかしら。かれがその事象をさほどよろこぶとは思えないけれど。どうであれ、〝それ〟がシュロウの希望を認識し、そのことも考慮してほしいものだと、ゲシールはかれのために願った。シュロウは超越知性体を救うためにひと役買ったのだから、それに値いするだろう。

芝居マシン、棺桶屋、奇妙な罠、異様な動物、それらぜんぶが、最初からなかったかのように、しだいに消えていった。湧きたつ霧が消え、山々や丘が存在しているにもかかわらず、どういうわけだかエデンⅡの表面全体がたいらに見える。

ゲシールがエデンⅡを去ったとき、半球惑星の光景は人工恒星の光のなかにあり、平和で、ふたたびパラダイス惑星と呼ばれるにふさわしかった。

*

ゲシールは使者の任務を誠実にはたしたが、超越知性体の要請と警告に対して、夫は彼女が期待したのとは異なる反応をしめした。

「では、わたしに待てというのか？」と、ペリー・ローダンは怒ったように訊く。「そんなこと、問題にもならない。わたしはこの最後のクロノフォシルを活性化させる。なぜなら、そうするのに、いまこそ最適だからだ」

「そんなことをしてはだめよ」ゲシールは驚いていう。「なにが危険にさらされているか、考えてみて！」

「〝それ〟は心配しすぎだ」ローダンは拒絶する。「疲労困憊し、疲れはてているため、悲観的になっているのだ。わたしは、かれの助けを必要としていない」

「それは間違いではないか」と、タウレク。ヴィシュナもまた、熟慮を欠いた行動の結果について警告した。

「そんなことはない」と、ローダン。「わたしの決心は変わらない。たとえあなたがたコスモクラートでも、これ以上わたしを引きとめることはできない」

その後、タウレクのいない場で、ゲシールはもう一度試みる。

「そんなに頑固になってはだめよ」と、たのむ。「〝それ〟はとても真剣にいっていた。あなたを待たせたいわけではないと、わたしは確信しているわ。かれはほんとうに疲れきっていて、あなたを助けることができないのよ」

「かれの助けは必要ない」

「どうしてそんなに急ぐの？　すでにもう、ずいぶん長くかかっているでしょう……あと半年、待ちましょうよ」

「半年あれば、いろいろなことが起こる」ローダンは拒む。「おそらくアトランとジェン・サリクはまだ生きていると思う。われわれがただちに行動すれば、ふたりを救うことができるが、半年後ではもう遅すぎるかもしれないのだ」

「あなたが間違っているとしたら？　かれらがすでに死んでいるなら？」

「そのときは、せめて、かれらの死に対して責任を負うべき者を見つけてやる！」

ゲシールは夫をじっと見つめていたが、ようやくかぶりを振り、

「わたしには信じられない」と、ちいさな声でいう。「あなたのことはよく知っている。あなたは、曖昧なチャンスのために、さらにいえば復讐のために、そんな大きなリスクを冒す人ではないわ。ペリー、エデンⅡが活性化したら、フロストルービンの封印が解かれてしまうのよ！」

「百も承知さ」ローダンはおもしろがって答える。「そんなこと、わかっているにきまっているじゃないか」

「それがどういう結果を招く可能性があるか、時間をかけて徹底的に考えたの？」

「考えたとも」

「それが間違っているんじゃないかと、わたしは心配なの。どうか、もう一度考えてみて！　〝それ〟は冗談で、こういう警告をしたりしないわ。タウレクとヴィシュナもやっぱり反対しているわけだし」

「そうはいうが、わたしの決心は変わらない。かれらのすることに責任を負ったり、その指図を受けたりしたくないのだ！」

「あら、そういうことなの？」ゲシールは失望と戦う。「ひとりでやりたいのね、そうなんでしょう？　あなたは自分自身でモラルコードを修復したい。コスモクラートの助けがなくてもうまく対処できると、かれらにしめしたいのね」

　ローダンはなにもいわない。

「わかったわ」ゲシールはため息をつく。「でも、あなたがとんでもない間違いをおかしているようで、わたし、恐いの。お願いだから、今回の計画のことは忘れて。あなたの功労を認めない人はひとりもいない。それはたしかよ。タウレクとヴィシュナがときどきあなたの神経にさわるのは知っている。でも、このことに関しては、かれらの意見に耳を貸してちょうだい……そのあと、思ったことをやればいいわ。だって、エデンⅡの活性化よりも危険なことなんてほとんどないのだから」

ふたりとも、長いあいだなにもしゃべらない。ゲシールは夫を観察して、かれが譲らないことがわかった。それでも、気持ちが変わるようななにかが起これぱいいと願う。ひょっとして〝それ〟がもう一度連絡してくるとか……いま《バジス》で起こっていることを知ることのできる状況にあるのなら。

しかし、〝それ〟は沈黙したままだ。ローダンが頭をあげたとき、賽は投げられたとゲシールは知った。

「これ以上、このことについて話をしてもなんの意味もない」と、かれはいう。「わたしはエデンⅡを活性化させる……〝それ〟の助けなしに」

だれも、なにも、この決断を思いとどまらせることはできない。

「お好きに」ゲシールがちいさな声でいう。「なら、わたしはテラにもどります」

「ここにいたくないのか?」ローダンはすこし驚き、そして失望する。

「わたしだけではなく、わたしたちの子供に関わることでもあるから」ゲシールはきっぱりと、「あなたがエデンⅡのことで自分の力をためしたときに、なにが起こるのかはわからないけれど、この環境にこの子をおいておきたくないの」

一瞬、夫の目のなかにためらいが見えて、これが理性をとりもどすきっかけになればと望んだ。だが、その瞬間は過ぎ去り、かれはうなずき、

「正しい判断だ」と、いう。「それだけじゃなく、非常にいい考えだ。なにもかもうまくいくとわたしは確信しているが、それでも副作用があるかもしれない。きみたちふたりが安全だとわかっていれば、安心していられる」

ゲシールがかれに最後の試みをしようとしたとき、突然、内なる目の前に一連の映像が見えた。と同時に、彼女の言語中枢で音が生じ、ちいさな声のおしゃべりが形成される。それ自体では意味をなさないが、映像がうまく補完しているので、意味がわかった。

彼女はこわばった。子供がこの映像とおしゃべりで伝えてくるのは、地球への近道を知っていること以外のなにものでもなかったから……それは特別な道のように見えた。

「どうした?」ローダンが訊いた。「突然、青ざめたが!」

彼女はぐっとこらえ、手で額をぬぐう。こうすることで心の映像をとりのぞくことができるかのように。

「なんでもないわ」と、ゲシール。「エデンⅡでの時間がとてもきつかったので、いま

ごろになって、その反動がきているのだと思う」

「ありうることだ」ペリー・ローダンは心配する。「恐ろしいことを耐えぬかなければならなかったのだから。まずは、充分に眠るといい」

しかし、彼女は眠くなかった。自室キャビンに引きこもると、子供が見せる映像にもう一度わが身をゆだねる。

「いいわよ」と、ゲシールは子供にいう……言語中枢経由で注意を引きつけたら、調節された言葉として提示されたことを理解するのは、子供にとってきわめてかんたんにちがいない。いずれにせよ、ゲシールの思考を理解するよりもずっとかんたんだろう。

「その道はどのように機能するの？」

ふたたび、映像が見えた。ゲシールの認識によると格納庫で、そのなかにガラス状のしずくがある。

パラ露だ！

ゲシールは知っていた。これらの奇妙なしずくは、百ばかりのこっているにちがいない。それがどこに保管されているのかも、彼女がバリアを通過するのになんら問題がないことも知っている。

「なんのために、パラ露が必要なの？」ゲシールは訊いた。

しかし、子供は、この疑問を完全には理解していないようだ。なぜなら、返事として、テラへの〝近道〟をしめしたあの映像を見せただけだから。

「パラ露でなにをしたらいいの？」

こんどは明白な答えだった。ふたつの手がしずくをひろい、握りしめている。

「わかったわ」と、ゲシール。「これでわたしたちが先へ進めるかどうかわからないけれど、パラ露を手に入れるわ。そうすれば、先のことがわかるのね」

しかし、彼女は、自分がやろうとしていることをだれにも知られたくなかった。ひょっとすると、だれかがおろかな質問をするかもしれない……そのリスクは負いたくなかった。まずは、子供が送ってきた映像を自分が正しく解釈しているかどうかを、知らなければならない。

《バジス》船内は非常にしずかで、それは彼女にとって好都合だ。なんの問題もなく当該の格納庫に入りこみ、バリアもクリアして、目的地に着いた。

「わたしたちが正しいことをしてるっていう確信はあるの？」と、ちいさな声で訊いた。

心のなかで映像が熱心にかたちづくられたので、彼女はパラ露のしずくをひろいあげた。それは溶け……そののこりを彼女は両手で握りしめるが、なにも起こらない。のこったパラ露も使えなくなった、つまり、消えてしまった以外は。

「それで、こんどは？」ゲシールは失望してたずねる。

子供が返事をするまでもない。彼女は地球にいた。

*

ゲシールは不安な気持ちで、いくつもの通りを歩いた。いきなり謎めいた方法で地球に帰ってきたことに心をかき乱されても意味がないと、自分にいいきかせる。遅かれ早かれ謎は解明できるだろうが、それがなにかの役にたつわけでもない。好むと好まざるとにかかわらず、どうせ《バジス》にもどれるわけではないし。ひょっとしたら、子供の力を借りたらできるかもしれない……もう一度、同じ量のパラ露を手にできたなら。しかし、それはまったく不可能なことだ。パラ露はすっかり使いつくされ、半物質化したプシ物質の補充はもうないのだから。

ゲシールは、ろ座やエデンIIでの出来ごとをLFTと宇宙ハンザの幹部に伝えることで、義務をはたした。もちろんかれらは、ゲシールがどういう方法で地球にもどったのか知りたがったが、彼女にはそれらの質問のいずれにも答えることができなかった。

自分自身で理解できないことを、どうやって説明しろというのか。

閉鎖された空間にいると、がまんができなくなった。この不安がどこからくるのか、わからない。しかし、とうとう耐えられなくなって、あてどなく夜の通りを歩いているのだ。自分がしてきた〝旅〟と子供のことを考えて、堂々めぐりをする。子供の能力のことを考えると、くりかえし驚かされた。

遠くから、かすかな呼び声がしたように感じて、耳をすます。あたりを見まわした。

いま彼女がいるのは、にぎやかな通りだ。真夜中を過ぎているというのに、人が大勢出ている。さっきは声が聞こえた気がしたが、こんなに人が行きかうなかで、遠くからのちいさな呼びかけが聞こえるなんてありえない。かぶりを振りながら、彼女は先に進む。こんなことがつづくのなら、長期休暇をとらなくてはならないだろう。

しかし、また呼びかける声が聞こえた。こんどはもっと明瞭に……そして突然、遠くから呼びかけるその声がだれのものなのかわかった。自分がこの呼びかけにしたがうだろうことも。

ようやく、不安な気持ちがおさまる。自分には目標ができ、やらなければならないことがわかった。すべての疑念がなくなった。

ゲシールはハンザ司令部前の広場に行き、待った。空が白みはじめていたが、疲労感はない。深いおちつきと確信に満ちていた。ほほえみながら頭をそらし、天を仰ぐ。

まだのこっていたヴィールス雲はふたつだけ。そのひとつが見え、降下してくると、《渡り鳥》タイプのヴィールス船のかたちになった。

ゲシールは周囲に注意をはらわない。ただ〝自分の〟船だけを見ている。それが着陸したとたん、彼女は乗船する。船はスタートした。

＊

ペリー・ローダンは《バジス》司令室内を見まわす。同席しているのは、もっとも近しい信頼のおける者たちだが、全員が心配そうな顔つきをしている。グッキーですら、ローダンがたてた計画の成功に疑問をいだいているように見える。

「もう一度よく考えて」ヴィシュナがちいさな声でたのむ。「手遅れになる前に！」

ローダンはなにもいわない。これ以上の異議、警告、懸念はもうごめんだ。まさに適切な瞬間、適切な場所にいるのを、明確に感じる。いまここで、決定しなければならない。

かれは、最後のクロノフォシルであるエデンIIに集中した。ほどなくフロストルービンの封印が解かれるだろう。そうすれば、トリイクル9は本来の場所にもどり、モラルコードは修復されるのだ。

かれは思わずクロノメーターを見て、歴史的な瞬間を記憶した。

テラニア現地時刻でNGZ四二九年四月八日、十五時。

クロノフォシルの活性化がはじまる。

それは、見ている者たちにとって、おなじみのやり方ではじまった。光現象、ローダンの周囲に生じた光のオーラ……すべてが正常に経過していくように思われた。

しかし、光のオーラが消えたとき、なにかがおかしいとだれの目にもはっきりわかった。ペリー・ローダンが消えていたのだ。

あとがきにかえて

渡辺広佐

九月に、伊豆大島に行った。

遠出するのは、昨年の春、大阪のケアハウスに住む母を訪ねて以来だから、ずいぶん久しぶりのことだった。

八月末に仕事が一段落するので、九月には、せめて熱海あたりに行きたいものだ、となんとなく思っていた。

ちょうどそんなとき、次男から電話があり、俺たち、二泊三日で伊豆大島に行くんだけどいっしょにどう、と誘ってくれたのだった。

この提案がなければ、生涯、伊豆大島に行くことはなかったかもしれない。

が、伊豆大島と聞いた瞬間、「そうか、伊豆大島か」と思ったのも確かだ。

それは、『ブラタモリ　伊豆大島〜なぜ伊豆大島といえば〝アンコ椿〟!?〜』（七月十八日放映）を観ていたせいだ。ただ、番組が終わったあと当然あると思っていた次週の予告がなく、あれ、伊豆大島に行っておきながら、火山のことはやらないの、という不満はあったのだが。

日程は、次男夫婦の休みの関係で、九月六日から八日の二泊三日と決まっていた。ところが、台風10号が発生し、それが〝特別警報級〟のとんでもない台風になるというので、次男がキャンセルしようと宿に電話すると、当日、船が欠航であればキャンセル料はいりませんと言われたので、そのままにしたということだった。

台風は関東地方からは大きくそれていたものの、出発当日の朝は土砂降りで、やむなくタクシーを呼び、最寄りの駅まで行った。さいわい、都心に近づくにつれ、雨は弱くなり、地下鉄大江戸線の大門駅から地上に出たときには、かろうじてやんでいた。

竹芝桟橋まで行くと、乗船予定の、七時二十五分発の高速ジェット船だけは運休になっていない。空はどんより曇っていて、この先どうなるかわからないが、行ってみて、天気が悪ければ、温泉三昧でのんびり寝っころがって過ごせばいいじゃないか……そんな気持ちで乗船したのだが、結果的には、ときどき激しい雨が降りはしたものの、おおむね天気にも恵まれ、旅を楽しめた。

コロナ禍――数日前に、伊豆大島でも新型コロナの陽性者が出ていた――のせいで、そしてもちろん台風の影響も重なってのことだろう、観光客はほとんどいなかった。

二日めの早朝、元町港のあたりを散歩すると、前日とは比べものにならないくらい波が高い。宿で聞くと、船は全便が欠航になったとのことだった。

　大波の洗ふ桟橋野分（のわき）雲

　というわけで、三原山頂口から火口へ向かう遊歩道でも、裏砂漠でも人っ子ひとり見かけなかった。

　では、裏砂漠のことでも――

　それにしても、〝裏砂漠〟とは、なんとも哀愁の漂う響きだ。私はまったく知らなかったが、ここが日本唯一の砂漠だそうだ。

　海岸は晴れていて、利島（としま）や新島もよく見えていたのに、ここは霧に包まれたり、ぼんやりと遠くまで見えたり、あるいは青空が見えたりと、変化の激しい幻想的な風景だった。

　天高しスコリア軋む裏砂漠

　案内板らしきものが目にとまったので近づいてみると、ほとんど判読できないくらいかすれた文字で、「もく星号遭難の地」と記されている。

わが国初の旅客遭難機となった日本航空「もく星号」は乗員4名乗客33名を乗せ大阪経由福岡行きとして羽田空港を飛び立ちましたが、事故当日の天候は極めて悪く視界ゼロに近い状況であったため、この地に激突したとされています。乗員乗客37名がその犠牲となりました。

昭和27年4月9日のことです。

大島町

昭和二十七年四月のことだから、私はまだ二歳にもなっておらず、実体験として知っているわけではない。しかし、そうかあの事故か、そう思うくらいには知っていた。松本清張も題材にしていたな、と。

これもなにかの縁なので、今度、読んでみよう。

そんなことを思いながら、もうずいぶん先まで進んでいる妻や次男夫婦の後を追って歩いていると、霧のなかを、一羽の鷹らしき鳥が、悠然と風に乗って飛んでいるのが目に入った。あの鷹から見ると、世界はどのように見えるのだろう……

コロナ禍や今地球（テラ）にゐるサピエンス

そうそう、宿は〈赤門〉といい、保元の乱に敗れ、この地に流された鎮西八郎源為朝が住んでいた館の跡にあるとのこと。温泉——御神火（ごじんか）温泉為朝之湯という——もなかなかよくて、ほとんど貸し切り状態で、一日三、四回は湯につかった。


私が伊豆大島を訪れてから一ヵ月後の十月十日に『ブラタモリ』の放映が再開された。やっぱり、あれで伊豆大島は終わりだったわけではなく、「伊豆大島は世界に誇る火山愛ランド!?」という〝お題〟で二週連続放映された。

したがって、伊豆大島で全三回やったわけだ。

結果的に、私にとっては、最初の一回は予習、あとの二回は復習の役目を果たすことになった。やっぱり、『ブラタモリ』はおもしろいと思うと同時に、番組では裏砂漠に行きながら、「もく星号」のことには一言も触れなかったな……と、思ったのだった。

訳者略歴　1950年生，中央大学大学院修了，中央大学文学部講師　訳書『ネガ・プシの虹』ダールトン＆エーヴェルス（早川書房刊），『ぼくたちがギュンターを殺そうとした日』シュルツ他多数

HM=Hayakawa Mystery
SF=Science Fiction
JA=Japanese Author
NV=Novel
NF=Nonfiction
FT=Fantasy

宇宙英雄ローダン・シリーズ〈630〉

最後のクロノフォシル

〈SF2307〉

二〇二〇年十二月　十　日　印刷
二〇二〇年十二月十五日　発行

（定価はカバーに表示してあります）

著者　H・G・エーヴェルス　マリアンネ・シドウ
訳者　渡辺広佐
発行者　早川　浩
発行所　株式会社　早川書房
郵便番号　一〇一‐〇〇四六
東京都千代田区神田多町二ノ二
電話　〇三‐三二五二‐三一一一
振替　〇〇一六〇‐三‐四七七九九
https://www.hayakawa-online.co.jp

乱丁・落丁本は小社制作部宛お送り下さい。
送料小社負担にてお取りかえいたします。

印刷・信毎書籍印刷株式会社　製本・株式会社川島製本所
Printed and bound in Japan
ISBN978-4-15-012307-9 C0197